印度，探想

隨筆及短篇小說

Hermann Hesse

赫曼·赫塞［德］

張芸、孟薇 譯

Hermann Hesse

目錄

印度，探想

隨筆及短篇小說

1 我與印度及中國的關係

孩提時起，我便從外在環境熟稔印度的氣韻，我的外祖父、母親和父親都曾長期生活在印度，會說印度的語言（馬拉雅拉姆語、卡納達語、印度斯坦語，外祖父還懂梵語），我們家裡有許多印度的器物、衣服、織物、圖畫等等，不知不覺中我已汲取了如此多對印度的認識，讓我尤為難忘的是母親講述的她在印度度過的那美好動人的時光。我的父母和外祖父母都是傳教士，外祖父在印度傳教幾十年。但是他們三人都不是那種普通的傳教士，他們喜歡印度的語言和靈魂，並且頗有研究。我記得父親有一本手抄的書，裡面記錄著他在印度期間寫下的許多東西，我特別記得，書中有許多佛教的偈頌，是父親翻譯的，有的譯成德語，有的譯成英語，他偶爾會唸給我們聽，看得出他對這些偈頌的虔誠和詩意饒有興趣。

我的父母和外祖父母很喜歡印度，也非常樂意去了解印度，然而他們的基督教信仰是他們的障礙，他們肯定印度和印度的思想，不過有所保留，他們認為只有耶穌的教導才是神聖並且有決定性的，就如他們也敬重歌德和其他西方的智者，卻始終帶有那種讓我不快的保留。

自從離開老家，我再沒有接觸過與印度有關的事物，那時的影響全然留存在潛意識中。二十七歲左右，我開始研習叔本華時，才再次接觸到印度的思想，隨後幾年中，我經常碰到一些探求者，他們的思想大部分或多或少都帶有神智學色彩，我通過他們也越來越多地接近印度的本源，了解了《薄伽梵歌》的譯本，並從那時起開始熟悉印度思想。很快，我又接觸到諾伊曼[1]翻譯的《法句經》以及奧爾登貝格[2]著的《佛陀》，後來又讀了多伊森[3]翻譯的著作。

我當時的哲學思想是一種雖然成功，卻備感疲憊並且生厭的生活哲學，我把整個佛教理解成順應天命和苦行，理解成遁入空門，無欲無求。這種觀念持續多年。

我關於東方的知識和思想因中國人而充實並得以修正，這些中國人是我通過衛禮

⊙1 諾伊曼（Karl Eugen Neumann, 1865-1915），德國的東方學家，也是最早開始專研佛教的歐洲學者之一，他是第一位將佛教早期經典「巴利三藏」部分經典（包括〈法句經〉）譯為歐洲語言的學者。——編注

⊙2 奧爾登貝格（Hermann Oldenberg, 1854-1920），德國的印度學家，根據巴利語的文獻，專研佛教經典，著有《佛陀》（*Buddha: Sein Leben, seine Lehre, seine Gemeinde*）一書，並譯成英文版，至今仍流傳。——編注

⊙3 多伊森（Paul Deussen, 1845-1919），德國的東方學家，深受叔本華影響。

賢[4]的譯著逐漸認識的。之前我已經從父親那裡對老子有所了解，父親又是從蒂賓根（Tübingen）的格里爾[5]教授那裡得知老子的（格里爾自己也翻譯了《道德經》）。父親一生都是虔誠的基督徒，但是始終在探索並且絕不恪守教條，他在生命的最後幾年深入研究老子，並且經常把老子跟耶穌進行比較。我自己則是幾年之後研讀老子，他在很長一段時間裡帶給我最重要的啟示。

在其他方面，例如從一些心理分析學說得出的結論中，我也越來越多地看到一種我心目中的智慧典範，看到那種對綜合思維的認識，一種雙向的、而非單一的思維。簡短的文字難以闡明我這一思想發展的各個階段。雖然我的人生經歷越來越沉重，並且帶給我巨大的痛苦，但是順應天命卻越來越遠離我的思想，我自己有時也把這一思想轉折稱為從印度到中國的轉折，也就是說，從苦行的印度思想轉向接近生活的、「肯定式」的中國思想。

對我而言，重要的東方書籍有：《薄伽梵歌》、《佛陀語錄》、多伊森翻譯的《吠檀多》和《奧義書》、奧爾登貝格的《佛陀》、《道德經》（我讀過所有的德語譯本）、《論語》和《莊子》。

譯有多本印度思想精典，包括《奧義書》、《吠檀多》等。——編注

⊙4 衛禮賢（Richard Wilhelm, 1873-1930），德國基督教傳教士，曾至青島傳教，對儒道頗有興趣，並創辦「禮賢學院」，戰後返回德國，成為首席漢學家。他曾將多本中文著作譯為德文，再轉為英文，而流傳至西方世界。他所譯的《易經》，至今仍被認為是最好的譯本。——編注

⊙5 格里爾（Julius Grill, 1840-1930），德國新教神學家、印度學家、宗教學者，曾將老子《道德經》譯為德文。——編注

2 懷念印度

誰曾經乘坐豪華郵輪去過印度，不僅用眼睛去觀察它，而且用心靈去感知它，就會有一個國家讓他一直魂牽夢縈，任何一個極其細微的徵兆都會促使他想起這個國家。

十四年前我曾去了趟印度，自此，零星小物無數次繞到各個感官提醒我、敦促我，喚起我的思念！一次是某個菸草商放在商店櫥窗裡的白鐵製成的棕櫚樹，樹下站著一個正在吸菸的黑人，也有可能是香料的氣味，咖哩抑或薑的味道，或者所有氣味中最有印度氣息的檀木的芳香。還有露天每塊燃燒的木頭點亮的火光，繚繞的煙霧飄蕩在空中，這都讓我憶起南亞，想起海岸線和原始森林中大河的河岸，那裡四處可見村莊裡燃著的火堆，升騰的煙霧散發著縷縷的清香，那是對即將抵達的陌生人的第一聲問候。

另有一次，一位老教授的嘴角看上去在某些方面同蜥蜴的嘴巴有相似之處，這又讓我想起了錫蘭高地上那條綠色的小蜥蜴，那裡距離皮杜魯塔拉格勒山的峰頂如此之近，就在那裡我跟牠進行了一場奇異的對話，討論動物和人、歐洲和印度。一刻鐘的時間裡我從牠那裡學到的比我之前努力十年所能學會的還要多。[1]

最近我剛從紐倫堡（Nürnberg）旅行回來，古老的哥德風格的紐倫堡矗立在工廠和汽車的馬達聲之中，顯得如此陶醉，如此憂傷，令人不可思議，或許明日它就會轟然倒塌——這就是紐倫堡，我徒步在它的老城，成千上萬漂亮、奇特的東西透過眼睛鑽到我內心的畫冊裡，這無數幅畫面之中有一棟美麗堅固的老房子，那是一家藥房，名為「彈珠」，我在它的櫥窗裡，在其他充滿吸引力的物件中，發現一條剛出世的小鱷魚，可惜不是活的，已經做成了標本，同牠放在一處的還有那枚孕育牠的破碎的鱷魚蛋。啊，我怎麼又想起了蘇門答臘島上待在占碑的那一天，一位異鄉朋友送給我六條活著的小鱷魚作為禮物，牠們大約剛出世五個星期，無比奇異的小生靈，我可以把手指伸進牠們的嘴裡，因為牠們還沒有牙齒，像嬰兒啃著我的手指

⊙1見《新加坡之夢》一二〇頁〈皮杜魯塔拉格勒山〉一篇內文。——編注

磨牙根！

我又一次感受到這種思念，長久以來那美妙又愚蠢的思念，我渴望再次出遊，再次離開歐洲前往熱帶，來到棕櫚樹下，來到猿猴面前，進入炎熱潮濕的原始森林和幽暗的金色寺廟。

告別那隻從蛋殼裡爬出來的小鱷魚，結束紐倫堡之旅回家以後，返回到愜意明朗的南方，這時，我發現其他的點滴跡象也會讓我想起印度。

在我旅行的那幾個星期，郵局把許多書送到我家，堆滿了我的房間。在這書山之中，我發現了幾聲來自亞洲的問候。儘管只是印了字的紙，於我而言卻是東方的使者，我懷著肅然起敬的心情拿起它們。

這是兩本讓我愛不釋手的好書，還配有插圖。一本是《巽他群島》，一位名為馬丁．博爾曼的年輕作家在書中描述了一場穿越蘇門答臘島的旅行。蘇門答臘！啊，年輕人，我們也曾在那裡停留，在巴當哈里河畔聽過猿猴的咆哮，在穆西河畔看見鱷魚趴在沙灘上。

他這本關於蘇門答臘的書中，那些有著輕柔的馬來尾音的名字對於我們這樣的人不啻於一種深受歡迎的音樂。博爾曼的書由法蘭克福莎西埃德出版社印刷出版，紙張考究，裝幀成厚厚一大冊，配有大量彩色插圖，無論從手感上還是視覺上都是一本漂亮、令人興奮的書籍。這位年輕作家不僅是在蘇門答臘遊玩，為了感受氣氛，創作詩歌，他四處遊歷和探尋，如果你了解在熱帶地區旅行的辛苦並且知道這種永恆的東方誘惑其實是一種虛幻，就會尊重這場旅行的成果。

不過你一定也會感到悲傷，因為很少有來自印度的問候如此清楚地告訴我，機械文明如此迅速地征服這些原始民族。我見到過一九一一年的蘇門答臘，那時的它與今天大相徑庭，而我當年旅行時的心情跟今天這位年輕的德國人第一次遊歷世界的心情也截然不同。這本裝幀漂亮、充滿思考的書值得用心閱讀，它不僅傳達了大量中肯的論斷和觀察，而且也因其真誠的態度處處給人愉悅之感，此外還散發著一絲現代世界觀的氣息。然而這卻是一個正在淪陷的世界。原始民族即將在亞洲消失，矮小的馬來人裝出一副美國人的樣子，流經原始森林的河流都用水泥築起了堤壩。

另一本關於印度的書也是我從這座書山中扒出來的，我偶爾會在晚上的時候坐著翻上幾頁。它屬於慕尼黑格奧爾格穆勒出版社出版的印度文化形態系列叢書，講述了關於錫蘭的事情，作者是特勞茨，我以後一定會再讀上一遍。這本精美的四開本書籍配有一百多張漂亮的照片作為全頁插圖，徜徉在這諸多圖片之中可謂一種享受。

一部分照片展現了到錫蘭旅遊必去的一些歷史悠久的景點，幾十年來，每一個遊客在隨處買得到的風景明信片和紀念冊上都可以看見這些畫面。幸好書中還收錄了許多獨特的新照片。啊！我發現了亞當峰投下的山影，又發現了皮杜魯塔拉格勒山——那裡是同我對話的那隻蜥蜴的家鄉——也發現了有大象洗澡的馬哈韋利河以及康提的聖地，還有那裡形態各異的佛像，可惜沒見到那尊小巧的水晶佛像，它就擺放在佛牙寺的一個聖壇上，始終是讓我最難以忘懷的東西。位於康提的佩勒代尼耶皇家植物園的巨竹也出現在畫面上，它是我見過的世界上最美麗的植物。

不過錫蘭高地還有幾處最美麗的景致，似乎今天仍然無法被遊客的照相機捕捉到，首先就是籠罩著石窟寺以及寺中那尊巨大臥佛的神聖朦朧的幽光，遊客只能體會到些許模模糊糊、夢幻般不確定的感覺。誰若是喜歡印度並且偶爾懷念它，那麼這本關於錫蘭的書以及其中的圖片會成為他親切的夥伴和撫慰劑。

據說錫蘭高地還有一些維達人[2]，他們是生活在叢林裡的原始民族。很快，這個族群要麼絕跡，要麼需要付費參觀，也就再沒有原始人了。以後或許也不會再有原始森林和鱷魚。如果說用長槍火炮和經商意識消滅原始民族並摧毀質樸的聖地，對於現代人而言是件相當容易的事情，那麼摧毀古老的文化則要困難得多了。這樣的文

⊙ 2 維達人（Veddah），本地的少數民族，又稱吠陀人，人數極稀，居住在斯里蘭卡東南部低窪地帶。——編注

化雖然歷經數百年的墮落和病態，卻依然延續，中國人讓我們看到了這一點，北印度人體現得更加明顯。在那裡，在孟加拉，盛行著一種很高的智慧，它多次受到歐洲影響，也受到傳統的近親婚配的牽累，但是今天，依然在思想和藝術方面保持著創造力，並且充滿一種善良、和平，專注於團結的精神。

同樣在這堆書山中，我驚喜地發現這種精神的見證——兩本寄自加爾各答的厚冊子，裡面匯集了許多本加爾各答的優秀月刊《現代評論》。一位印度朋友把它們贈送給我。這本刊物由馬南達・基亞特耶主編，我發現，它雖然在醒目的標題和題材的選擇方面受到歐美雜誌的影響，但背後處處散發著一種信念、朝氣和智慧，同時還體現出一種和平的國際性，這在歐洲的月刊中很鮮見。非常歡迎你們，遠方親愛的印度朋友，我翻閱著你們的刊物，看到與泰戈爾志同道合的畫家的畫作，我還是更喜歡你們的畫家卡拉薩拉和斯里馬蒂・蘇庫馬里・德比的畫作，我想我聽得到你們發自遠方的聲音，這聲音在吟唱，如此親切莊重，又充滿純真。

現在是時候解放出來了，擺脫對印度的思念。思念是一件美好的事情，我是最後一個願意把它當成多愁善感取樂的人。但是感情和幻想有一個特點，實現某種昇華之前，它們的力量、美麗和價值在逐漸增強，此外它們又會越來越有惰性，接著就會有其他幻想、其他情感從我們永不枯竭的靈魂深處升騰而出，然後帶走這場印度遊戲，帶走對印度的懷念，反正這種懷念很快又會以某種形式回歸。

3 中國人

儘管存在著種種社會的工作，我們這個時代在藝術和藝術鑒賞中還依然有著如此強烈的個人主義理想。整整兩百年以來，歐洲追隨天才的雅各．布克哈特[1]，對義大利的文藝復興及其偉大人物的充沛創造力頂禮膜拜。歐洲，尤其是德國都犯了一個奇特的錯誤，甚至在手工業和藝術領域也進行極度的個人崇拜。

我們目前對早就真正超越了或正在超越個人主義理想的那些民族及其藝術、美學和人文的關注，實際上就是對上述浪漫式個人主義的反駁。首先，東亞在我們心裡喚起了一種真正深層的關切和認真的研究，這種熱忱已經遠遠超出對那些來自日本的賞心悅目的產品的喜悅。中國的先知老子，這位艱深的哲人，已經被多次譯介過來，並且被譯為多種歐洲語言，近期德語就有三個譯本，一個可讀性很高的孔子學

⊙1雅各．布克哈特（Jakob Burckhardt, 1818-1897），瑞士巴塞爾人，文化歷史學家，專研歐洲藝術史與人文主義。——譯注

說的德文新譯本最近也推出了。另外多年來讀者對小泉八雲[2]關於日本的那些美妙的書籍反應也一直很好。一些很有價值的專著也同樣拉近了古老的東亞藝術與我們之間的距離。

在東方，生活在印度和中國的歐洲人高度讚賞中國人的工藝精湛和團結，他們返回歐洲時，鮮有不帶上些中國的紡織品、刺繡品以及日本和中國的木工藝品和陶器作為來自東方最好的禮物。那裡的商人在討論起日本人時，總是帶著些許厭煩，而在說起中國人時，則帶著些又懼又妒的敬意；大買賣往往完全集中在中國人手中，在貿易和航海方面，人們也擔心中國人成為歐洲企業家的競爭對手，而人們又同時敬重中國人。雖然如此，但在那些沒有歐洲僕役及歐洲手工工人的國家，中國人卻還是被視為有色人種，被視為低等的和落後的。人們大概會把中國人看得比馬來人或泰米爾人高一點，但只有在極少數崇拜者和深邃的行家中，才有人把中國人視為與我們完全一樣的人。人們購買並高度評價中國的刺繡品，十分讚賞手工的精湛和清爽；人們認可中國人的高智商。在看到中國的街景時，很少有人不被其建築風格、整幅場景的色彩搭配、民族服裝的細致差異這種美麗的異國情調所震懾。但人們很少去想想，這些東西是一種更高的、早就是習以為常的直覺式的、已然是傳統的產

⊙2小泉八雲（1850-1904），出生於希臘，原名派屈克．拉夫卡迪奧．赫恩（Patrick Lafcadio Hearn），稍長跟隨父親回到家鄉愛爾蘭，父親過世後又來到英國。四十歲時來到日本，娶了當地女子並歸化日本，在東京大學任教。他深愛著日本充滿魅力的文化和風土，並將此間聽來的民間傳說以英文寫成短篇故事，集結成《怪談》一書，譯成日文後，使他成為現代日本怪談文學的鼻祖。——編注

物，是這種傳統的流露。人們嘲笑中國的苦力，這些苦力與印度人一樣，或許是出於衛生考慮往自己身上塗抹椰子油；人們談論著各個階層的中國人都嗜賭成性，人們一再對那種據說神祕地蘊含在所有中國人骨子裡的那種深層的野蠻殘酷莞爾一笑。而實際上，人們除了偶爾從警方消息或是從陳舊的故紙堆裡得到這種殘酷描述，在現實中卻很少遇到；這些描述還往往發生在戰爭或者革命期間，而我們所熟悉的歐洲處於戰亂時的描述，即便是最新的戰亂報導的情況，也根本不比中國人的這些情況好到哪裡去。抽鴉片就其本身來看，或者就其對民族的危害而言，並不比歐洲的酗酒嚴重多少，況且現在中國人吸鴉片的情況正在減少；何況抽鴉片還是在歐洲的鴉片販子支持下進行的，中國社會已經對鴉片進行了抵制和監管，就像在我們這裡酗酒被戒酒協會抵制和監管一樣。

中國人作為一個民族比我們落後的地方，主要在於缺乏完善的外在文明，例如機械槍炮諸如此類的東西比我們落後，然而並不能用這類東西來衡量文化。即便是在這類事物上，幾個世紀之前他們也曾極大地領先於我們，比我們更早擁有火藥和紙幣。他們在這方面被我們趕上超越了，現在依賴於我們，但在他們的文化根基上並不如此。目前他們的文化雖然受到威脅，但是並沒有到病入膏肓的程度。

中國的文化根基與我們目前的文化理想是完全背道而馳的，我們應當感到欣慰，在地球的另外一個半球上存在著如此堅實和如此值得尊敬的相反一極。倘若有人幻想著逐漸把全世界統一於歐洲文化或者是中國文化，這都是非常可笑的。但是我們可以向這種異域精神學習，把遙遠的東方作為我們的老師之一，就如同我們幾百年來把西亞作為學習的榜樣那樣。如果我們讀一下生活在耶穌誕生之前五百年的孔子的書，我們不應當把他視為一個逝去的遠古時代的稀奇人物，而應當想到，他的學說支撐和維繫了一個龐大的帝國長達兩千年之久；應當想到，他的後裔至今還生活在中國，延續著他的姓，滿懷驕傲地了解到，與孔子相比，歐洲最古老、最有教養的貴族姓氏看起來都如同孩童般幼稚。不必以老子來替代我們的《新約》，但是老子向我們展現了與我們相近的思想在異域天空下曾經出現過，甚至更早就出現過了，這會強化我們在文化上對他國信仰的包容力。而且倘若我們從中國歷史中搜出幾個殘酷事件，當然曾經有過一些很殘酷的事發生，那麼我們也應該將這些殘酷史實與中國的一些故事參照來看，這些故事對我們而言與《聖經》和古代的經典哲人一樣有益，可以成為我們的範本和導師。

秦朝一位中國皇帝撲滅了一次叛變，他讓人殺死這次叛亂的頭目及其後代以及其朋友的後代，他自己的母親也參與了這次叛變而被他流放，他嚴禁旁人在他面前再提起他母親，違者將被剁爛。但這種做法是與中國精神相違背的，因為其母親本人並不是一個危險的女人，而只是讓人蒙蔽了。二十七位貴族不顧皇帝的禁令，一個接一個地在皇帝面前死諫，讓他想想自己的母親，讓他把母親找回來。所有二十七人，每位都知道前一位死諫者的命運，卻一位接著一位，前仆後繼地來到暴跳如雷的皇帝面前受死。他們被剁成肉醬，看來總算一片死寂。貴族沉默了，而來自鄰國的一位學者來到宮廷，讓人把他帶到皇帝面前，他同樣也要讓皇帝知道自己的義務。皇帝手持寶劍來招待他，讓人把他帶到一口燒得滾燙的裝著沸水的大鍋之前，他將被投入這口大鍋。皇帝問他，他是否知道等待著他的是什麼樣的命運。學者點點頭，用下列的話來回答皇帝：「總共有黃道二十八宿，我會將這個數字填滿的。」

在秦始皇時代生活的中國學者與西方宗教和文化共同體的聖徒們相比較也絲毫不遜色，皇帝一再被他治下的學者們勸諫，不得逾越延續下來的禮制和統治規矩。他的宰相李斯卻為他辯護，最後還建議他，通過將全國一切有關沿襲的禮制和規則的書悉數焚毀，以此來破解這種沿襲下來的力量。皇帝聽從了建議，不久就進行了「焚書坑儒」，將中國古老文化最珍貴、最高貴的記錄盡數銷毀。學者和藏書人得到了嚴令，將他們的書在三十日內燒掉或者將書上呈給官員處理，否則將受到嚴厲的處罰，雖然每個違背這項法令的人將馬上被逮捕、判決，但是至少仍然有四百六十位儒生進行了反抗，他們被關起來活埋了。

我們在學校裡為了給孩子們提供榜樣，讓孩子們開心地講述的故事中也包括《聖經》。這些故事裡面很多無論是就其貴族氣質還是就其偉大而言，都無法與出自中國歷史的這個或其他很多類似的故事相比。那位直面手持寶劍的皇帝、藐視沸水大鍋的中國學者，要比穆修斯·斯卡沃拉[3]更加偉岸，他不僅為祖國的存在奉獻了自己的生命，他也準備好了為自己的理想與皇帝抗爭而死，因為皇帝在他眼中違背了神聖的祖訓。他是保守主義中的革命者，我們西方民族會覺得這種保守主義不可思議地僵化，而這種保守主義卻使一個最龐大的帝國以及一種世界上最有價值的文化延續至今。

⊙3 穆修斯·斯卡沃拉（Mucius Scavola, 140 BC-82 BC），古羅馬的政治家、著名演說家，並精通羅馬律法。當時他在前後任二位執政官的統帥權抗爭中，拒絕支持奪權者，而遭到殺害。——譯注

4 印度訪客

尚未成熟便摘下的果實對我們毫無用處。我的一生有一半以上的時間都在從事印度和中國研究——並非要謀取學者之名，不過是習慣於汲取印度及中國文學創作和虔誠的芬芳。十一年前我曾去印度旅行，在那裡，我看見了棕櫚樹和寺廟，聞到梵香和檀香的味道，吃過略帶酸澀的芒果和軟糯可口的香蕉。可是，在我與這一切之間還隔著一層薄紗，置身於康提的僧眾之間，我依然像先前在歐洲的時候一樣，無法遏制地渴望真正的印度，渴望印度精神，渴望跟它有一次生動活潑的接觸。印度精神還不屬於我，我還沒有找到它，我還在尋找。當時我也正是為此離開了歐洲，因為我的旅行是一種逃避。我逃離歐洲，幾近憎惡，我討厭它毫無品味的審美、喧囂嘈雜的集市、倉促匆忙的焦躁不安，還有粗魯愚蠢的追求享樂。

我通往印度和中國的道路並非要搭乘郵輪和火車，我必須獨自找到所有那些神祕的橋梁。我必須停止在那裡尋求救贖、擺脫歐洲，必須停止在心中仇視歐洲，必須在感情和精神上擁有真正的歐洲和真正的東方。這條路持續了一年又一年，歷經多年的痛苦、不安、戰爭和絕望。

隨後這個時刻來到了，距離現在還不算久遠，那時我已不再嚮往錫蘭的棕櫚海灘和貝拿勒斯（瓦拉納西）寺廟林立的街道，不再希望自己是佛教徒或者道士並且得到一位聖人和法師的教導。這些全都變得不重要了，可敬的東方和病苦的西方之間、亞洲和歐洲之間最大的區別對我而言同樣不再重要。我認為，盡可能多地研究東方智慧和宗教祭禮已不再重要，我發現，當今無數老子的崇拜者對道的了解還不如歌德，而歌德從沒有聽說過「道」這個詞。我知道，歐洲跟亞洲一樣，存在一個隱祕而永恆的價值和精神的世界，這個世界既不會因發明了機車而更加美好，也不會因俾斯麥而毀滅，生活在這個永恆的世界裡是愉快的、正確的，這是一個平和的精神世界，歐洲和亞洲，《吠陀經》和《聖經》，佛陀和歌德在其中有著相同的比重。這裡開啟了導師對我的教導，學習還在繼續；這裡學無止境。可是我已經不再對印度抱有憧憬，不再寄希望逃離歐洲，現在，佛陀、《法句經》[1]和《道德經》讓我覺得純粹和親切，不再難解困惑。

現在果實已經成熟，從我的生命之樹掉落。我隱去動機和姓名，也不說這一切如何實現，如何將我從隱居生活中再次衝入世間數日，新的人、新的關係如何突然間與我相遇。我只講述其中那段與印度有關的插曲。

最近，在一個有些許霧氣的美麗黃昏，我居住的村子裡出現一位棕色皮膚的英俊男子，他來到我家拜訪。來自孟加拉的他，是一位博學的印度教教徒、泰戈爾的學生和朋友。他剛到我房子的門前便驚呼：「啊，這裡跟在印度完全一樣。」他立刻覺得像在家裡一樣。他會說英語和法語，此外還帶著一位翻譯。他聽過我的一次講座並且請人全程口譯，他這次來，是要告訴我，他很吃驚也很高興，在歐洲能夠碰到這樣一個人，此人不是僅僅通過精研博學從智性上熟知東方思想，而是與它心靈相通。我告訴他，這樣的歐洲人要比他知道的多；我跟他講了幾個朋友的故事，跟他講那個看不見的、不合時宜的，既沒有國家化也沒有軍事化的精神上的歐洲，跟他講歌德（他原以為歌德否定印度思想）也是那個沒有名字的東西方學說的信徒和宣講者。

⊙1《法句經》，佛教重要典籍，是佛陀所說的偈頌合輯，內容是有關佛教戒律和修行的清淨生活，後來再經由僧侶編訂而成，目前流傳有多個印度語系版本及中國不同朝代的漢譯版本。——編注印度人微微笑了，笑得愉快、友善，我們很快成了朋友，很快敞開心扉，彼此了解認識。很久以來我都沒有過這種享受了。我曾經以類似的方式跟另一個人[2]結交，他雖然是歐洲人，絕大部分時間卻生活在日本，現在又去了那裡，我跟他有著共同的、不可思議的相互理解的基礎，這種理解無須言語，一個手勢、一抹微笑或者沉默都可以讓彼此明瞭。現在我與這個孟加拉人又有了同樣的默契。從最初那一刻起，我們便心有靈犀，彼此只傾吐那些能夠讓對方微笑和點頭贊同的東西。

不一會兒，他便穿過敞開的門走上陽台。「這也讓我想起了印度，」他說，「這些美麗的樹木，這樣的靜寂，這場鳴蟬的音樂會，這片群山中的藍色暮光。喜馬拉雅山中有我們的寺廟，它們在無垠的寂靜和無盡的安寧中面對著這樣的山峰、這樣的暮光。您應該去那裡一趟，親愛的先生，您應該去孟加拉在我那兒待上幾個月或者幾年。」

我感謝他的邀請並且提醒他，他自己在我的房間裡、在我的陽台上已經發現了這種印度式的安寧，這對我而言已經足夠了。我指給他看，在逐漸昏暗下來的長滿草地的山谷另一端，第一顆星星正在山頂上方冉冉升起。

我的客人雙手合十，閉上眼睛凝思片刻，然後吟誦起一首輕柔舒緩的詩歌，這是

⦿2是指赫塞的表弟威爾海姆．貢德特（Wilhelm Gundert, 1880-1971），日本語文學研究者，曾將《碧岩錄》（北宋著名禪師圓悟克勤所著）譯為德文。——原注

一首敘事詩，詩中提到一盞小燈，一位慈祥的母親在小屋裡將它點燃，它與天上的星星互訴衷腸。我已很久沒聽人說印度語，這聲音對我遠比對其他人更有魔力，因為我雖然不知其意，卻從孩提時起便已熟悉了它。

所有東亞詞彙藝術和語音藝術的奧祕令人驚訝地立刻再次向我湧來，與我曾在印度詩歌、中國音樂、中國戲劇中感受到的一樣：韻律嚴謹、複雜，帶有宗教崇拜的烙印，幾乎執拗。我請求我的朋友，也為我唱首歌，他唱了兩首民歌，和著節拍輕輕打著響指。曲調在我們聽來不突出、不清晰，飄忽不定，但是在這些歌曲中也充滿張力和激情，節奏和韻律簡潔明快，結構有規範，並且有一種我們用歐洲語言進行文學創作，至少現代文學創作所不具備的結構感。

這顆星已經升起，其他星星也出現在空中。我們在小陽台上站了幾個小時，談論《奧義書》，談論中國和日本。我的客人是位學者，他向我概述了印度歷史，講的並不是戰爭、條約和王侯聯姻的歷史，而是詩歌、祈禱、哲學、瑜伽、宗教以及寺廟建築的歷史。我則對他講述那個看不見的歐洲，講中世紀、講歌德以及所有讓他即使身處我位於提契諾州的隱居住所也能想起印度和喜馬拉雅的事物。

臨近告別時，我們才返回房裡，他拿起我收藏的一個小小的印度青銅像，一個吹笛子的黑天克里希那，開始談起印度教神祇，談到黑天、因陀羅、樓陀羅和濕婆，談到他們的演化和形成，他們永恆的輪迴。隨後他面帶微笑愉快地離去，消失在夜色中，有那麼一瞬間我竟不知道他是否「真的」來過。

可是他又回來了，從那以後，我們會不時地見面，或者在我家，或者在他那兒，聊上幾個小時，如果他現在再次離開，我們倆都會從這若干小時的談話中獲得一種認可、一份安慰和一些動力。我們成了朋友。

曾經有一次，他在看我的水彩畫，我請他從中為自己挑選一幅。他選了一幅，畫的中間有一座橋橫跨在水面上，旁邊是高大的樹木，他說：「我就選這幅了，因為您和我一樣認識並且喜歡這些樹，因為對我來說，這座橋象徵著在我們這個時代新架起的跨越東西方的橋梁。」

5 對亞洲的回憶

在我的馬來西亞之行三年之後的今天，回憶起東方，對那次旅行的具體畫面的回憶有些模糊和不真切，我不再能夠把新加坡與可倫坡、吉隆坡與怡保、穆西河與巴當哈里河鮮明地區分開來並道出它們的不同。但正因如此，幾個大的格局卻更加清晰地浮現出來。如果今天有人問我巨港或是檳榔嶼或是占碑具體準確的細節，那我必須先去查查，要很努力才能給出一些可靠的東西來；但如果有人要問我整個旅行的價值和主要印象，那麼現在我會比當時剛從旅行返家時能更快更好地回答。

我在麻六甲半島和蘇門答臘的城市和森林中度過的那幾個星期，下列的主要印象是我的旅行經歷，是由上百處所看到的個別細節連接融合而成的。給我留下第一個，或許也是最強烈的外在印象的是華人。我在此之前還從來沒有經歷過，一個民族究竟意味著什麼，許許多多的人怎樣通過種族、信仰、靈魂上的脈絡相通性、生活理念的共同性形成一個整體。在這個整體中，每個個體只是有限的，只作為一個細胞存活著，就猶如在一個蜂窩中的每一隻蜜蜂那樣。我知道怎麼去區分法國人和英國人、德國人和義大利人、巴伐利亞人和施瓦本人、薩克森人和法蘭克人，但最終只從英國人那裡獲得了一個這樣的印象，這是一個在其特性上富有涵養的、以種族和歷史為自豪的民族共同體，那些「低等」的民族跟這一切無關。在華人那裡，我第一次見到一個民族本質的統一性如此絕對地決定一切，以至於所有的個別現象完完全全地泯滅了。從外在的和繪畫的角度來看，人們也可以從馬來人、印度人或者黑人那裡獲得同樣的印象，膚色、民族服裝和生活習性以高度的、顯而易見的一致性將這些大眾給統一化了。但是從一開始，文化民族這個印象就一直存在於中國人之中，一個在漫長的歷史中形成並塑造起來的民族，在其自身的意識中並不是向後看，而是放眼行動中的未來。

那些原始民族留下的印象則是全然不同的。我把馬來人算作原始民族，儘管他們從事貿易，信奉伊斯蘭教，而且具備外在的文明化的能力。而面對中國人，我雖然始終抱有深深的同情，但其中總夾雜著一種對競爭和危險的預感。在我看來，我們必須認真研究中華民族，把它作為一個具有同等價值的競爭者來研究，視情況而定，它有可能成為我們的朋友或者敵人，總之會對我們有無盡的幫助或極大的損害；而那些原始民族則全然不會產生這種情愫。那些民族也會即刻就贏得了我的愛，但這種愛是一種成年人對那些年幼的、贏弱的弟弟妹妹的愛，同時也喚醒一個歐洲人的良心愧疚。

迄今為止，歐洲人對這些民族來說只是竊賊、占領者和冒險家，還從來不是進行幫助和引導的兄長、富有同情心的朋友。這些棕色的善良民族中出現對我們的文化的巨大威脅或者益處的可能性幾乎是完全不存在的。但是歐洲的靈魂在面對他們的時候，由於充滿了罪惡感和尚未贖的罪責而僵直，這一點確實是無可否認的。熱帶國家的被壓迫民族面對我們的文明時，是具有更加古老的、同樣有理的權利債權人，大概就如同歐洲的工人階級一樣。那些穿著裘皮大衣，坐在自己的私家車裡從又累又冷的工人身邊駛過的人，不能不對自己提出一些認真的良心問題，就像那些在錫蘭或者蘇門答臘或者爪哇作為主人與那些悄無聲息進行服侍的有色人一起生活的歐洲人一樣。

我對那次旅行的第三個印象就是原始森林。我並不了解關於人類的原初家鄉的最新理論；對我而言，至少在象徵意義上，熱帶的原始森林是生命的家鄉，是簡單而原始的熔爐，在這個熔爐中由陽光和濕潤的土壤共同釀造了生命的各種形式。我們所有這些生活在這樣的國度裡的人們——在這些國度中，自然生產力幾乎被完全利用，至少已被認知、被測量過，我們以我們的習慣於數字和度量的思維站在原始森林中，就像是站在生命的搖籃邊上——在這裡帶著驚訝感受到，地球並不是一個冷卻後的，處於後期虛弱的抽搐中的星球，而是一股還正在進行創造的原始泥漿。

乘船穿行在鱷魚、魚鷹、鷹和大型貓科動物之間，或者清晨在森林裡透過灑滿金色陽光的瘋長的樹枝叢中，傳來了一大群猿猴的啼鳴呼喚著迎接新的一天的到來，這對於那些習慣了把田地劃分得清清楚楚、悉心地培育出森林和在專屬的狩獵區域裡打獵的人來說，是一種美妙無比而又強烈震撼的經歷。在氤氳潮濕的叢林中追逐小鳥或者蝴蝶時，還有那種危險的氣息，那種單獨個體生命的無價值的感覺；祕密和潛在的危險無所不在，每一平方英尺上都鋪滿了葳蕤的植物和孵化中的動物。還有那古老的、自然而然的、在歐洲早就被上千次遺忘掉的太陽的統治！無法抗拒的、將一切徹底地改變的夜幕降臨，那種將生命再一次帶回的蓬勃絢爛的清晨，無可比擬地飛速生成和恣意肆虐的暴風驟雨，溫暖的帶有生命氣息的肥沃的泥土，這一切對我們而言都是一種充滿神祕的、極具教育意義的對生命之源的回歸。

最後還有一個對當地人的印象，也是最強烈的印象。那就是所有這數百萬個靈魂的宗教秩序和對宗教的歸依。整個東方散發著宗教的氣息，就如同整個西方呼吸著理性和技術那樣。無論是佛教徒、伊斯蘭教徒還是其他什麼教徒，與亞洲人的受到庇護、禮敬神以及充滿信任的宗教性相比，西方人的靈魂生活看起來那麼原始和被拋棄。這個印象決定著其他的各種印象，因為這一比較顯示出東方的強大和西方的困局及缺點，正是在這個方面我們靈魂中所有的懷疑、憂慮和希望都被加強了且被確認了。我們隨處都可以認識到我們的文明和技術的優越性，我們隨處都可以看到東方宗教民族還可以享受到一個我們所缺失的長處，也正是因為如此，我們才視這種長處比另外那些優越性更為重要。

當然，從東方販運來的東西無法幫助我們，回歸到印度或者中國也無法幫助我們，逃回到表述清晰的教會基督教也同樣無濟於事。但是有一點是清楚的，歐洲文化的拯救和存續只有通過重新找到靈魂的生活藝術和靈魂的共同財富才有可能。宗教是否能夠被克服被替代，這或許是個問題。宗教或者宗教的替代品是我們最最缺乏的東西，處於亞洲的民族中時，我從未如此痛徹地清楚地認識到這一點。

6

對印度的回憶

誌畫家漢斯・施圖爾岑埃格的畫作

當我看到漢斯・施圖爾岑埃格[1]從印度帶回來的繪畫時，我們兩人共同旅行的日子帶著鮮明生動印象的深刻畫面在記憶中噴湧而出。這些作品讓我回想起幾個月裡豐富的所見所聞，這些見聞對畫家和對我而言都非常有意義，在海上和陸地上的旅行中長時間、緊密地一起生活，使我們彼此都對對方有了充分的了解。也許應該說，很可能他對那次旅行的感覺和我的感覺很相似，我不僅僅認識了解了一個陌生的異域國度，而且更重要的是還在體驗異域的事物時更多地發現了我自己，並且發現自己已經受住了考驗。

⊙1漢斯・施圖爾岑埃格（Hans Sturzenegger, 1875-1943），瑞士畫家，一九一一年與赫塞一同前去南亞及東南亞旅行三個多月。可參考《新加坡之夢》一書。——編注一九一一年的炎熱夏天，我們一起穿過瑞士和被烈日烘烤的義大利北部，前往熱那亞，不曾休息就從那裡乘船前往海峽殖民地。一個溫暖濕潤、燈火輝煌的晚上，在檳榔嶼，一座亞洲城市生活的滾滾熱浪向我們迎面撲來，我們第一次見到印度洋映射在無數的珊瑚島中，帶著極大的驚奇看到印度城、華人街、馬來人街區的小巷生活。奔放的有色人種熙熙攘攘，小巷中總是簇擁著各色人群，夜間是燭光的海洋，寧靜的椰子樹映在海中，羞怯的赤身孩童，划著船黝黑的漁夫坐在原始社會的小船裡！從那些多少有點歐化的港口城市留給我們的第一印象、到蘇門答臘東南部因道路不通而交通不便的寧靜的原始森林，各種各樣的場景不斷地累積和加強，直至我們每個人都找到了他自己的印度、他的亞洲，並將它們留在自己心裡。就是這些場景後來也發生了變化，它們的價值和對它們的解釋也發生了位移。留在記憶中的是夢訪遠古祖先的經歷，是對人類孩童狀態的歸返，是一種對東方精神的深深敬畏。從那個時候起，印度特色或者中國特色的東方精神一再接近我，它們成了我的安慰和先知。因為我們，我們這些西方老態的子女，不可能再回到原始民族的最原初的人性和天堂般純淨的狀況；但在那個「東方精神」那裡，返鄉和有益的創新在向我們招手，東方精神從老子到耶穌，它啟發了古老的中國藝術，直至今天還在每一個真正的亞洲人的舉動中表達出來。

在旅途中，我們很少想到這些，關於這些說得就更少了。那個時候感官的各種印象已經讓我們完全應接不暇。我到處去看中國廟宇、戲劇、巨大的樹木、蝴蝶以及其他美妙而稀奇的東西，而我的旅伴則剛剛體會到一個畫家在一座異域風格的城市中的困難。我還歷歷在目，他坐在一輛租來的人力車上，在新加坡孤獨地漂泊在華人街的擁擠人群中，在塵土和熱浪之中速寫作畫，直到焦急起來的人群把他趕走。有多少美妙的、無法留住的畫面，圍繞著我們的現象世界是多麼宏偉，多麼豐富！漢斯·施圖爾岑埃格用他的畫稿帶回來了多少啊，這還一直讓我驚訝，讓我嫉妒。但幾百張那類不可能在瞬間表達出來，或者記錄下來的畫面，現在還完好無損地留在我的記憶中。

例如柔佛的一個下午，中南半島最大的賭徒的地獄，在擁擠陰暗的空間裡，上百個中國苦力人頭攢動地緊緊擠在一張白板桌邊，等待著投注的結果，屏住呼吸，安靜，面色蒼白，所有的生命都擠在那雙貪婪地等待著的眼睛中。

又如在甲板上的一個夜晚，靜靜地站在護欄邊，高遠的藍色夜空布滿星辰，船尾犁出的蒼白水花閃著磷光。

在馬來劇院的一個戲劇之夜：像猿猴般靈活的、有著無限才華的演員，以極棒的技巧毫無希望地勤勞演出著，試著將對歐洲戲劇的漫畫式（可惜這裡沒在說反話）的東施效顰的著作給演好。

乘船在原始森林的河流中慢慢地接近一座馬來人的村落，是多麼緊張和充滿了神祕感！從大老遠的地方就能看到岸邊蓋好的狹長的小村落，兩邊不再是沒完沒了的原始森林的植物之牆，高高的椰子樹在低矮的、肥碩多汁的香蕉叢上搖曳。隨即可見到茅屋的蘆葦屋頂，一小塊稻田，一個原始的小船塢。黝黑的赤身少年好奇地站在岸邊，但還沒來得及看清他們，船才剛剛拐到通向船塢的水道，那些孩子悄無聲息地融化了，飛也似的消失了，而在下船的時候，卻可以看見在安全距離之外的棕櫚樹幹後面，東一雙、西一雙窺視中的漆黑眼珠子在閃光。

我們見到，在寬闊的河流中，城市建在水中的木樁上，幾千隻小船無聲地在上面行駛，漂游中的小販，漂游中的小店中有地毯、果蔬、伊斯蘭教的祈禱書、魚。

我們看到了各種島嶼，岩石島、土島、珊瑚島、稀泥島，島嶼小若蘑菇，大如瑞士這個國家，我們看見它們立在落日的餘暉中，遙遠而深藍；或是見到島嶼在正午的烈日中放射出罕見的色彩，或是見到它們消失在狂風暴雨的濃重的雨霧中。暴雨是一種多麼狂野的怪物啊，我們看到和經歷了暴雨、電閃雷鳴、狂風驟雨！

我們受到了中國人、馬來人、新加坡人的服侍，那些男人留著黑油油的辮子，有的把辮子盤在一張十分嚴肅的臉上，再用金屬的篦子固定好。

還有那些動物！我們見到了多麼美妙的動物啊！不是野象（我們只見過馴服的象），也不是老虎，那麼多動物有著那麼美麗奇特而令人無法忘懷的形態！我們見到了猿猴，大大小小的，有孤猴，也有成群的猴子，有時會看到浩浩蕩蕩的猴子大軍。我們見到野猴子們隨著本能，不可思議地喧鬧著遷徙，幽暗的森林中，整個猿猴家族或者部落在的高高的樹梢上遷移。我們也見到了馴化了的家養猴，被繫在一根繩子上，聽著主人的命令爬上椰子樹去摘取椰子。還有河中的鱷魚、海中成群結隊地嬉戲在船隻甲板周圍的鯊魚、還有原始的大蜥蜴、淺粉色的水牛、蘇門答臘島上大型的紅色松鼠。最美的或許是鳥兒們，水中的白色魚鷹、種類繁多的老雕、不停地吱喳叫的犀鳥、還有寶石般色彩的袖珍小鳥。但最珍貴的大概是各種甲蟲、蜻蜓、蝴蝶、手掌大小的絲灰色的大蛾、壁虎、蛇。還有，探討那些花朵本身就是一種驚人的冒險，白色淡淡的巨大花朵在潮濕有毒的森林暗處開放，白綠色的棕櫚花呈圓錐狀開放，比一個人還要高！

但跟這一切相比，我們在那裡的人身上看到的要更加得美。印度人的夢幻般的步態、溫柔的僧伽羅女子那鹿一般的幽怨美麗的眼神、古銅色的泰米爾苦力黑白分明的清澈眼睛、有教養的華人的微笑。用陌生的土話嘟嘟囔囔自言自語的乞丐，在十個說著不同語言的民族人群中不透過話語而溝通著，對那些被壓迫者的同情，對那些虛妄的壓迫者的嘲弄，還有無處不在的幸福感，這些所有的人是和我們一樣的，是兄弟，有著共同的命運！每個人都有其陌生之處，類別和種族不那麼重要，他們從我們身邊走過，驕傲而自信的是印度半島的伊斯蘭教徒、威嚴而樂觀的是從容的中國人、羞怯如姑娘般的是矮小而苗條的錫蘭人、靈活且善於觀察的是漂亮的馬來人、矮小而聰明的是忙碌的日本人。無論他們的膚色和體型有何不同，他們都有一個共同點——他們都是亞洲人，就像我們是異族人，無論我們來自柏林，或來自斯德哥爾摩、蘇黎世、巴黎、曼徹斯特，我們所有的人都以一種神祕的，但完全不會被誤判的方式屬於一個整體，我們是歐洲人。

在所有的歐洲人之上存在著一種共同的、連接起所有人的東西，認識到這一點是美好的，也是令人驚訝的。對於亞洲人來說也同樣是這樣，哪怕他們之間有時並不能相互理解，有時相互蔑視。對於我來說，更美好的和無比重要的是那種一再以所有的感性和新鮮感不斷重覆的經驗，就是不僅僅是東方西方，也不僅僅是歐洲亞洲，超越了這個還有一種歸屬感和共同體，這就是人類。每個人都知道這一點，但對每個人來說，如果這個人不是停留在書本中，而是面對面地經歷過完全陌生的民族，這些還是無比新奇和珍貴的。

在民族界限和地球的各個部分之上還有一個人類，這個古老的小小的老生常談對我來說是那次旅行最終和最巨大的經歷，自從這場大戰爆發之後，這個老生常談對我來說愈加珍貴。

只有從這裡出發，從兄弟情感和內心深處的平等出發，異域性、差異性以及國家和人民的多樣性才能夠再次獲得它們最內在的、最高的美麗和魔力。我曾經和那些成千上萬的旅行者一樣，總是將異域的城市和民族視為一種奇特的事物，就像是往動物園裡面看一眼，一切都很有趣，但是與我們根本就沒有關係！而只有在我放棄了這個立場，能夠在馬來人、印度人、中國人、日本人中看到了人以及我們的親屬關係時，賦予我的那次旅行以價值和意義的閱歷才真正開始。

關於這一切，我很少跟漢斯．施圖爾岑埃格說起。但當我端詳著他的印度作品時，從那黑色的、細細瞇著的眼裡射出來的目光對我來說不再是稀奇的，而是能夠理解的、相近的、十分可愛的人類共性。我們還不能跟他們直接對談，或者只能說幾個字，但是他們的靈魂與我們的靈魂是一樣的，完全一樣，這個靈魂承載著夢想和願望，走過人生，這些靈魂與我們的靈魂就像是同一棵大樹上的樹葉並沒有多大區別。

7

凱澤林的旅行日記

差不多一年前我就聽人說起凱澤林[1]的《哲學家的旅行日記》，大多是讚譽有加，但直到現在，我才有機會捧起這本書。我帶著極大的興趣和些許擔心開始閱讀，那種擔心的感覺是我們第一眼看到一本朋友們極力推崇的書時所難免產生的。頭幾頁書中，作者決定去旅行，前往印度的旅程、在錫蘭的最初經歷、在印度南部的最初經歷都加強了我的期望和興趣，但同時也擴大了剛才的那種些許擔心，因為幾乎有

⊙1 凱澤林（Hemann Graf Keyserling, 1880-1946），二十世紀初的德國哲學家，年輕時即周遊世界，甚至曾遠至印度及中國，代表作為《哲學家的旅行日記》（*Reisetagebuch eines Philosophen*）。——編注

太多的機智，幾乎有太多令人擔心的、幾乎是完美地進入任何一個陌生世界的移情能力！凱澤林才剛剛踏上康提的土地，他就像個老和尚一般與錫蘭的佛教同生活、共呼吸，從根本上認識和理解佛教，精神抖擻地體會佛教。而且他剛剛踏上印度次大陸土地，剛剛邁過杜蒂戈林（Tuticorin，南印城市），他就馬上同樣能以此地為家，飛快地移情到印度教裡去了，他還從一開始就認識到，為什麼他昨天還津津樂道佛教在印度遭到了慘敗，而不久後，他又以同樣如此優雅、如此正義，同樣幾乎演員般的移情能力來面對伊斯蘭教。再加上這本書的大部分是以輕快的形式寫成的，這種形式讓很多讀者為之讚嘆，但是對一個作者來說很容易成為一種危險。這位哲學家在一些地方也無足輕重地、和藹可親地隨口說一些外在的印象，說些旅行氛圍和自然氣氛，這些描寫雖然相當有精神含義，寫得也漂亮，但是顯得有些膚淺，因為凱澤林不具備寫作的稟賦，他一旦試著表達一些並非思想或者知識性的經歷，他的語言表達就變得比較弱，寫得像報紙的副刊。

當然，所有這些異議也許會隨著時間流散。它們在各個細節上都是正確的，這本旅行日記總的來說卻是一個如此之大的貢獻，以至於在此所有這些缺點都微不足道。這本書作為整體是德國這些年來出版的最重要的一本書。我就直奔主題吧，凱澤林雖然不是第一個真正理解了印度的歐洲人，但很可能是第一個這樣做的歐洲學者和哲學家。在懷念值得尊敬的人們如奧爾登貝格和多伊森時說這樣的話，使這話聽起來有些簡單粗暴，甚至令人痛心，但確實是這樣。

讓我吃驚的是，有很多所謂的神祕論者早就從印度知道的東西、他們在印度尋找和操練的東西，眾多前往印度旅行的教授們卻都對之視而不見，並沒有大膽地對其進行過認真的觀察和研究，甚至沒有仔細地看過。這些東西沒有為那些教授所見，這是因為人們禁止他們去看。決定著印度的本質的那些東西，就是祕術，就是方術，就是神祕。這些都涉及靈魂，沒有經過修飾與中和，因而不容許被歐洲的，尤其是德國的教授們承認或者被他們認真地關注。它僅僅被神祕主義者、狂熱的追隨者、教派創建者、神智學者，或者是那些追逐驚悚事物的環球旅行者所研究、找尋和模仿。而凱澤林為學術領域發現了印度的這個面向。在所有的歐洲學者中，他第一個看到了這個簡單的、早就為人所知的東西，並且將它說了出來，即印度獲取知識的道路並不是一門科學，而是一種心靈技巧，它是通過轉變意識狀態來進行的，以印度方式受到訓練的人不是以計算或者學習來獲取知識，而是通過內在之眼看到真理，通過內在之耳聽到、直接地感受到，而不是思考出來的。

通過一位有影響力的、重要的歐洲思想家來認識和承認這個簡單的真理，會取得較大的效果。凱澤林絲毫不帶有學術界的那些排擠和膽怯，與所有的神祕教徒一致，他承認瑜伽並且加以推薦。他很遺憾地表示，一些追尋者和他持同樣的看法——我們完全不具備訓練集中注意力的傳統和方法。他以其敏銳的目光看到了唯一的，但對非天主教徒而言卻是不可行的一種類似方法，這個方法歐洲在前幾個世紀就出現了，那就是伊格納提尤斯・馮・洛尤拉[2]提出的天才的練習。

在凱澤林有關印度的談話中，這一點會發生最大的作用，雖然這其實是一件自然而然的事情。這會產生巨大的影響，因為瑜伽恰恰是歐洲最急需的事物。

雖然這本書中關於瑜伽的絕對價值的認識厥功甚偉，雖然這一點對大多數讀者來說將會是閱讀此書的主要經歷，但這一點既不新，也不屬於此書最有深度之處。最深刻的地方是對印度的虔信的感知、對印度教徒的宗教信仰和對神祇世界的感知。正是這種虔信存在使得每個真正的宗教中的悖論不再令人疑惑，虔信存在使得每個神、每個靈、每個神話都變得十分神聖。

而他並沒有在我們歐洲的意義上去認真對待任何一位這樣的神。凱澤林在這裡做出了不同尋常的功績，他作為歐洲人和一位經過批判訓練的思想家卻領會和體驗到

⊙2伊格納提尤斯・馮・洛尤拉（Ignatius von Loyola, 1491-1556），西班牙人、耶穌會創始人。他在羅馬公教會進行改革，以對抗由馬丁路德等人所領導的宗教改革。他曾在巴塞隆納附近小鎮的山洞，禱告靈修並冥想，尋求獻身之道，並開始出現異象，於是他在此發展出他所謂的「靈修」，之後並結合一些同伴，修練他所編的靈修。——編注

了印度教徒最深切的天真，這種天真似乎是懷疑，但其實完全是懷疑的對立面。而也是在此書的少少幾處，凱澤林這種非同尋常的、真正令人振奮的能力方才因此為人所理解，也就是他隨口說起自己出生和青少年成長的回憶。如果我們認真地追尋這個極不一般的靈魂，他從孩童時起就覺得自己是普羅休斯，而且這個靈魂本能地躲避開了過早結晶的誘惑，一再逃回到無限多形態的可塑性這一理想中。我並不憚於將這個靈魂粗略地從少少幾段、甚至略顯誇張的坦言之處給重新建構起來，因為這個高貴的、彈性的、好奇的和多變的靈魂，正是賦予凱澤林這本著作奇特魔力的東西。

還想再說一句關於這本重要的書在倫理上和教育上的結論。在這裡，凱澤林的表述也同樣觸動了我；在這裡，他的一些言論也通過成功的表述解救了我。四年來，我作為一個作家在另外一個世界中，沒有任何其他想法、沒有任何其他信仰這樣強烈且多方面地在我內心湧動，並尋找著多重的表達方式，除了上帝在自我中和自我實現的理想。我與凱澤林的最終表達是完全並毫無保留地一致，他在各個方面都最本質、最生動地強化、證實、鼓勵並通過撥動心弦的話促進了我。

8 異域藝術

從十七世紀末起，中國藝術，主要是瓷器和刺繡，傳到了法國，迅速引起關注，十八世紀出現大量「具有中國風格的工藝美術品」，那是當時的歐洲藝術和時尚對中國藝術並不嚴肅的吸納和加工。大約十九世紀中期前後，一股新的東方藝術的浪潮湧來，這次是源於日本，同樣先傳入巴黎，在那裡引起關注並擴大影響。這兩次都是到了後期已經有些矯揉造作的古典主義藝術的作品，恰恰是異域風情中因為遙遠的地域距離和歐洲的某種審美疲勞必定會讓人至少感到驚訝的那一部分。眾所周知的就是印象派對日本木版畫和浮世繪異乎尋常的適應態度。這些充滿異域風情的國家的其他藝術對歐洲來說是不存在的，至少不被視為藝術，頂多只能算是具有民族特色。

從那時起，充滿異域風情的藝術品已經在歐洲產生了影響，過去的十年裡影響速度極度地加快。藝術家和藝術愛好者剛剛把目光又一次投向埃及，中國、印度、暹羅和爪哇高度發達的雕刻藝術剛剛在我們這裡取得一些知名度，就有新的一波巨浪襲來，這次是真正的、原始的異域風情，包括黑人的雕塑藝術以及大洋洲的木雕藝術和編織藝術。我們認識到了那些舞者的面具和神像，黑人充滿原始情欲的雕刻藝術以及中國古老的妖魔鬼怪形象，它們對我們來說很稀奇，也很重要。

來自未開化民族和原始時代的繪著花紋的頭顱、有毛髮裝飾的舞者面具以及可怕的吐火女怪的雕像勝利入駐歐洲藝術品和藝術觀那安靜、平和且略帶無聊的殿堂，我表示誠摯的歡迎。此外，這是一次華麗入襲。顯然，這也是一種沒落的徵兆。雖然並不是狹隘的閱報人在生斯賓格勒[1]氣的時候設想的那種沒落，而是自然的、正常的、健康的沒落，這種沒落同時又是重生的開始。這種沒落只不過是諸如這些民族的個別民族過度發展心靈功能而導致的一種疲勞以及一種最初無意識地向對極的追逐。這種沒落氛圍存在的時代，總是會出現不尋常的新的神祇，他們看上去更像魔鬼。迄今為止被視為理性的事物失去了意義，而此前被視為瘋狂的事物卻變得積

⊙ 1 斯賓格勒（Oswald Arnold Gottfried Spengler, 1880-1936），德國哲學家、文化史學家。一九一八年出版《西方的沒落》（*Der Untergang des Abendlandes*）一書，書中他反對將人類歷史看作總是不斷進步的一種直線型敘述歷史的觀點，認為文化是循環的，文明會經歷新生、繁榮之後，最終會沒落衰亡，而西方文明正處於衰落之中。本書出版後成為歐美暢銷書，也引起了很大的爭議。——編注

極且充滿希望，看來所有的界限都模糊了，任何評判都成為了不可能。創造世界者降臨了，他既不好也不壞，既不是神也不是魔鬼，他僅僅是創造者，是破壞者，是看不見的原始自然力。這一刻看似沒落，同時也在個別民族中成為令人震驚的事件，成為奇蹟和回轉。這是親歷弔詭的時刻，是閃光的瞬間，分離的兩極在此刻碰撞，界限在此刻消失，規範在此刻融化。道德和秩序或許也同時陷落，而過程本身卻是可以想像得到的極其生機勃勃。

就這樣，我感覺到來自巴西、貝南（Bénin，西非國家）、新喀里多尼亞（New Caledonia，位於紐澳之間的多島國）和新幾內亞的異域藝術接踵而至，展現出與歐洲不同的圖景，充滿了原初的氣息和野性的生殖力，散發著原始森林和鱷魚的味道。這些異域藝術回溯到我們歐洲人看似早已「跨越」的生命階段和心靈狀態。我們對它的接受也不會停留在大洋洲土著的發展階段。我們必須毫不留情地全盤接受這些魔鬼和神祇，這種接受並非依靠理智和科學，而是需要身心的感知。我們的理想、我們的品味都是從我們的藝術、智慧和宗教中獲得、培養和完善的，隨後又逐漸淡化並煙消雲散，我們以此哺育了人性的一面，卻以其對立面為代價，我們效命於某位光明之神，否定那些黑暗的力量。歌德曾在他的色彩學中頌揚黑暗，但是並非把它當成虛無，而是視為具有創造力的光明的對極，現在歐洲的藝術界和智慧也同樣如此，只是沒有歌德的這種意識，它們面對來自婆羅洲和祕魯的藝術品，它們感到驚訝並且必須讚賞，甚至崇尚這些不久前還令人憎惡以及被視作鬼怪的東西。人們也會突然想起，遲暮歐洲的藝術界中那些最強悍的人物，如杜思妥也夫斯基和梵谷，如何狂熱且偏激地追尋那些令人心生畏懼的事物，如何敏銳地嗅觸到禁區，如何產生那些離經叛道的思想。

早已有人走上了這條路，多數人的決定不會讓車輪回轉。這是浮士德通向眾母之路。這條路並不平坦，也不迷人，但卻是必經之路。

9 東方文學的傑作

我們對東方的認識在本質上還是相當外在的，是一種地理和政治的認識，這種認識有許多缺口，對於每個試圖通過旅行或通過書籍介紹更深入地了解東方文化本質的人來說，這些缺口簡直令人痛苦。最近可以感受到一種更加強烈的需求去進行更為深入的了解。東亞的，後來還有近東的藝術開始在歐洲發揮著更加重要的作用，最近我們見到部分亞洲文學被介紹過來，亞洲文學影響我們的思想，至少對增加有關東方的心理和政治方面的認識十分重要。叔本華做了許多印度的思維方面的工作，

⊙1 奧瑪珈音（Omar Chajam, 1048-1122，又譯奧瑪·開儼），波斯詩人、數學家、天文學家、醫學家和哲學家，寫過多首膾炙人口的「魯拜」——即波斯的四行詩，後集結為《魯拜集》（*Rubaiyat*）一書，並留下影響深

比這略晚些，對中國思想家的普遍興趣開始形成（這裡要對歐根迪德里希斯出版社所出的中國作家作品翻譯集大加讚揚）。此外，對伊斯蘭文學的參與多少有些停滯不前，除了突然從英國傳來的、在這裡成為流行作家的奧瑪珈音[1]的作品之外，在過去的十到二十年間，幾乎沒有哪個近東的作家在我們這裡有多少讀者。如果我們愈加認識到，對亞洲民族在政治上的理解完全是以對他們的思維方向和文學為基礎的，那麼即便是這種狀況也將得到改變，這樣一個新系列《東方文學精選集》應該受到高度歡迎，這個作品集在慕尼黑的格奧爾格穆勒出版社出版，已經出版了三集。

第一集包括格奧爾格．羅森（Georg Rosen）對莫拉維．賈拉魯丁．魯米[2]大師的《瑪斯納維》的選譯，大師的這本書在一八四九年首次在德國出版發行，現今幾乎湮滅。羅森的兒子弗里德里希弄到了這書的新版本，略微作了改動，為這本書寫了一個很棒的序文，這個序文其實是對艱澀難懂的作品進行通俗介紹的典範。在這本出自十三世紀、目前已成為波斯文學經典之作的書中，我們了解到泛神論神祕主義思想世界一種最為迫切的生命表達。波斯—伊斯蘭學說與印度精神相近並受其影響，但由於希臘哲學和《聖經》這一共同的源泉，與我們更為接近些。這一學說在純粹的冥思中獲得至樂，它以一種涅槃為目的，一種「死亡之前的死亡」，一種極樂地

遠的《代數問題的論證》，書中闡釋了代數的原理，令波斯數學後來更傳至歐洲。——譯注

⊙2 莫拉維．賈拉魯丁．魯米（HJalāl ad-Din Muhammad Rūmī, 1207-1273），波斯詩人、精神導師、神祕主義修行者，帶領蘇菲派教團修行，寓詩歌與舞蹈於修行及日常勞動之中。晚年創作了一首超級長詩《瑪斯納維》（*Masnavi*），共分六卷、六萬四千詩行——編注

走向事物的原始根底，在那裡克服了生成過程的罪責與痛苦。這樣的解說難免空洞，這位波斯詩人儘管很大程度上模仿和借鑒了印度學說，但他又是多麼有原創性，多麼非印度式，這一點要通過自己的閱讀才能有所體會。他那源自《古蘭經》和《聖經》的學說配上了最為絢麗的、十分直觀的圖畫和神話元素，使原本至高的本無圖畫的知識穿過了豐富的詩的人類圖畫世界，因而整本書充滿了美好而易解的、比喻豐富的虔誠性。對這種虔誠性而言，世界雖然並非最終的，但很可能是很有意義的圖畫書，總體上受到拒斥的感官世界在此逐一地展開其詩的權利。與羅森的其他作品一樣，他的翻譯儘管鍥而不捨地追求精確性，但也充滿了品味和新意。

第二集是《中國小說集》，由保羅．屈內爾（Paul Kühner）翻譯，此書有簡短的但在圖書訊息上很有意義的導言及恰當的注釋。這個集子收錄了中國通俗文學中九篇較長的小說。這個集子對於那些透過極為美妙的中國鬼故事及愛情小說譯文而愛上了這種敘事藝術的讀者來說，將會帶來極大的愉悅。

那些並不是以文言文寫成，因而不能算作古典文學的中國小說，對我們來說具有特別的意義，因為它們寫出了那個強大的、對我們來說變得日益重要的民族生活的千萬個細節：家庭生活、貿易、官員、官司、兒童的領養、藝術生活和其他能夠反映這個世界上最古老的文化的方方面面。其中最早的故事源於十五世紀，但是素材和道德的基本價值幾個世紀以來恆常不變。對純粹家庭生活的高度尊重是所有這些故事的共同點，此外就是同樣是中國人對物質財富的價值評估。自古以來，中國式的理想是有道德有財富，二者在通常的觀念中根本不會相互排斥。對死者的敬意使日常的生活有了各種關聯和深度，對魂魄與鬼的信仰使這些超自然的事物以上百種形式在大多數中國小說中作用著，許多這些小說因此變成了童話。這時，人們不由自主地想到中國的城市，街道充盈著旺盛的生機和最熱切的現實感，而在城市周圍到處充斥著占地極大而又闊綽的墳墓。應該特別提到的是屈內爾的翻譯是直接從原本語言（漢語）譯出的。

第三集收錄了《鸚鵡故事七十則》，即《印度鸚鵡故事》，是理查德·施密特（Richard Schmidt）從梵文翻譯的，並加上了導言。書中附錄是伊肯一八二二年翻譯的《波斯鸚鵡書》。

鸚鵡書有點類似歐洲的《十日談》。一個外出旅行的男人，將他的年輕妻子托付給一種有學問的鸚鵡來照顧。而這個婦人則每天都計畫晚上跟情人幽會。但是一個又一個夜晚，她都被那隻鸚鵡給攔下了，牠總是不斷地開始對她說起新故事，故事情節發展十分緊張，她只能留下來聽，錯過了那個夜晚。這個簡單的故事框架串起來一系列喜聞樂見的故事，其中有一些經過漫長的傳播和再傳播，我們在幾個世紀之後，在歐洲書籍中也能遇到。《印度鸚鵡故事》，印度語為Sukasapati，波斯語和土耳其語稱為Tuti Nameh，毫無疑問都是來自印度，不確定出自哪個時代。已知最古老的梵文手寫稿大約出自十五世紀，但早在十四世紀就知道波斯已有對這些故事的再敘述了。這些小說大多數大致產生於我們這個紀元的最初的幾個世紀，通過小亞細亞地區的改編，進入了集子中，或者集子中的一部分來到了歐洲，個別小說可以在薄伽丘和其他的小說集中見到。我們現在可以接觸到的有三個版本：施密特新譯自梵文的譯本，他在書中附上的伊肯譯自波斯的Tuti Nameh的譯文，還有羅森的譯本。羅森生前在一八五七年序文的末尾寫道：他的看法是，《印度鸚鵡故事》「只有通過介紹土耳其版本才能夠在德國生根發芽。而在此期間，我們熟悉了一些印度的東西，我們非常感謝同時亦能夠了解《印度鸚鵡故事》現在的版本，這個版本與梵文原著最為接近。儘管各個版本差異甚大，但是人們還是能夠在各個版本都感到小說的色彩斑斕、充滿生命、情節和場景曲折緊張、狡黠的成分和詭計多端的生活智謀。我們不僅高度評價《印度鸚鵡故事》的文學價值，而且在其中還帶著好奇看到了一個天真而廣受歡迎的印度的影子，它是婆羅門教和佛教的寧靜與精神性的印度的一個色彩豐富的對立面。」

這個選集與那些咄咄逼人的、在一般意義上受歡迎的選集沒有絲毫共同之處，那類選集中人們大概只能獲得一些完全異域色彩的重口味東西。這本選集不僅能滿足好奇心，服務於文學興趣，而且還能夠幫助我們去挖掘東方更加深刻的知識。這一點非常重要，因為亞洲的文化和人民對我們不僅僅只是歷史意義，而且與我們的現實生活問題日益接近。

10 印度智慧

《智慧的終極》是保羅．埃伯哈特編譯的一本書的名字，由歐根迪德里希斯出版社在耶拿出版。全書不足一百頁，節選了《吠陀經》中《奧義書》的部分詩文，書名本身譯自「吠檀多[1]」這個梵語詞彙。除此以外，這個詞還可以翻譯成「知識的目的」、「知識的意義」，又或者「知識的終結」。因此這個書名同時也顯示出譯者在韻文方面紮實的翻譯技巧，譯者在一篇富有哲思、幾近神祕的後記中坦承，他相信著作《吠陀經》時期的那個古老印度將會為我們帶來精神界的革新。他還用他輕狂的辯證法和大雜燴式的博學多識完全否定了晚些時期後吠陀時代的印度。這篇後記讓我感觸頗深，倘若它不是在某些地方存在否定和筆伐，我想我是基本贊同的。

⊙1吠檀多，梵語名：Vedānta，源自Veda-anta。由婆羅門聖經《吠陀》（*Veda*）和終極（anta）兩個詞組成，原指編撰於吠陀時代之後的印度教哲學論文《奧義書》，意為「吠陀的終極」，也是對印度教一元論的總稱，後來，甚至成為教派的名稱。——原注埃伯哈特反對用「泛神論」這個名稱為古印度精神奠定基調，這無非言辭之爭。但是他為了相對純粹的印度學說而遷怒於叔本華和「悲觀主義」，就令人感到不快了。叔本華的「悲觀主義」肯定不是我們所需要的，也不是我們想要堅持的，但它是我們追尋那個終極智慧道路上的引路人，遠非其他任何學說可比。我們希望在《吠陀》和《老子》中可以感悟到這種智慧，對這兩部古老的經書已經摸索著進行了多個版本的翻譯嘗試，直至今日我們通過譯文僅僅能夠對書中闡釋的智慧理解得磕磕絆絆、模模糊糊。埃伯哈特採擷了這些譯作的精華，若要實現內容上的深刻性和激勵性，語言上的表現力以及行文上的詩意生動，這種取其精華的做法非常值得贊同。

同時，恰恰也是同一家出版社出版了一本新的譯著《薄伽梵歌》，翻譯者是利奧波德·馮·施羅德（Leopold von Schroeder），一位功勳卓著的印度研究者。這本書很容易讀懂而且附有大量不錯的注解。書的前言寫得十分有趣，施羅德試圖在這個前言中通過傑出的研究者指明《薄伽梵歌》中的各種不同觀點並且為分歧找到一個有說服力的解決方案。在這部偉大的詩歌中，吠陀虔誠哲學和數論派哲學之間，簡單的虔信和批判的無神論之間都存在這一分歧。語文學家對此各執己見，而樂享其成的門外漢則似乎在為雞毛蒜皮的事情爭執不休。其原因是，在一部作者並非哲學教授的史詩中，古舊和新派、信仰和現代主義、啟迪和虔誠能夠和睦共處，根本就不是什麼令人驚異的事；倘若這部史詩鮮明地傾向於某一學說，那才更加令人驚嘆呢。沒有學說傾向，但是或許有一個倫理上的傾向，自施萊格爾、洪堡和叔本華以來受到推崇的正是這種傾向。單純的鄰近性，也就是把不同的、往往直接敵對的世界觀結合在一起，並非例外，反之或許是一種常規。如果我們想跟普通的歐洲人探討這一點，他們會是一副滑稽的表情。若是一個印度詩人把幾種哲學完全肢解並且像馬賽克一樣拼接組合，卻一點都不罕見。今天，每一個受過教育的印度人在口吐蓮花侃侃而談時，還有可能把佛陀和康德、耶穌基督和《奧義書》拼貼成這樣的馬賽克。《薄伽梵歌》的精妙之處並不是能夠在其中找到同時並存的兩到三個哲學體系，而是除此以外還有一種未曾授教卻感悟得到的智慧顯露出其救助之秉性。這個美妙的啟示，這種生活智慧，這一上升為宗教的哲學正是我們追尋和需要的。在探求它的道路上，我們要感謝每一個引路人，也要感謝這兩本書。

（1912）

11 印度童話

如果人們穿過一個亞洲東部城市的雜貨市場，或者用收集者的目光盯著那些刺繡在一塊美麗的印度或者中國的古老絲綢藝術品上的造型，那麼眼睛和思想不久都會傾倒於它所引起的奇特的遐想：豐富和無限、形式的永恆重複和永恆創新，童話般的充盈和無窮無盡。龍頭、神仙、多臂之神、裝飾性的虎軀、纖細的植物形式、花樣繁多珊瑚蟲般的圖案，共同構成一幅美輪美奐的裝飾圖。在這個圖中，最奇異的東西卻往往顯得最自然不過了，最奪目的顯得柔和，最乖僻的變成最自然。在讚嘆這一切時，歐洲人往往不知所終，根本無法弄明白，究竟應將這一切視為一個原始民族高度聰慧想像力所隨意形成的圖案，還是將其視為一種精神和靈魂上的高度修養的自由流露，而我們作為低級的生物唯有半懂不懂地面對這一切。

類似心境出現在當人們閱讀印度的童話書之時，閱讀《故事海》或稱《童話源流之洋》，大約十一世紀中葉由蘇摩提婆編著。這當然可以追溯到較早的範本，其中一些故事有可能在最古老的印度更為純粹也更為高雅完整，但恰恰是這種雜糅形成的多種色彩、這種時而精致時而野蠻地將原始的天真爛漫與精神的最極致文化相互連接融合起來的方式，最是具有印度特色。這部宏大的著作原本將由阿爾貝特·韋塞爾斯基譯成德語，共六冊，計畫由莫拉韋舍費爾出版社在柏林出版，目前第一冊已經問世，若不是這場致命的戰爭毀掉了整個翻譯作業以及其他許多珍貴的東西[1]，出版續集和完成這部譯著本來是眾望所歸的。

能使這些童話與其他民族的童話即刻區分開來的東西，是典型的印度精神色彩，是印度最古老的對虔信與博學的熱愛。正如同印度人的虔信通常由放棄與斷念組成，那麼他們的博學同樣也引導他們遠離生活，到達一個奇異的、非現實的、純粹形式的國度中去。二者在童話中都有所表達。

同時我們再看看印度的倫理，它是深深地根植於印度思維中的確信，亦即現象世界是毫無價值的，通過滅絕欲望和苦行才有可能獲得拯救，這種倫理由衷而荒誕地

⊙1赫塞的這篇觀察寫於第一次世界大戰爆發幾個月之後。——原注

與極美的神話和混亂費解的教條主義相結合。印度最純粹的拯救學說以認認真真講述的神祇故事的形式出現，充滿了最奔放和最恣意的象徵，最天真幼稚的與最深刻的東西並肩共存。正因如此而且由於這種奇特的並肩而存，直至今天對非穆罕默德教派的印度人來說仍是最為典型的，我覺得蘇摩提婆的這本童話書是極有價值的知識之源泉。

然而，我又不是個學者，讀了這麼一本童話書之後只能給我帶來些文化心理學上的認識，這於我又有什麼裨益呢？不是這樣，我對童話書要求得更多，要求有最高的詩的價值，真正強烈的幻境，內在深刻而真實的場景，具有令人歡快的優雅嫵媚的想像。

好吧。這些印度神話在詩方面能給予的很多。即便是通過翻譯，語言上還是有很多令人欣喜的可愛細節。這裡舉幾個關於形象的例子：一個消息對兩個朋友中的一個是開心的，對另外一個卻是沮喪的：「就像是雨季開始時，水鳥們開心得不行那樣，候鳥們卻憂心忡忡。」或者真正以東方的方式來表達兩個相愛的人分手：「生命之燭在分離的火焰中消融了。」或者說起一個人，其任務是盡可能讓許多人知道一首詩：「他將它傳遍四方，就像風將花的芳香遠揚。」

我們遇到以一個美妙的委婉的形式表達出來的那個古老的童話問題：「誰是全國最美的女人？」一個惡魔試圖用這樣一個問題「誰是這座城市中最美的女人？」來測試幾百人。但最後他總算找到一位智者，此人告訴他一個完美的答案：「你這蠢人，每個女人都只有對愛她的人來說是最美的。」

一個個靠葉片生活的林中隱者、徒步漫遊中的贖罪者、充滿求知欲的國王、狡詐的商人、還有其他很多這樣的印度的典型人物類型都出現在這些好故事中。而其間一些怪誕的畫面具有令人驚訝的作用：例如一條魚在市場上看到了侯爵做的一件蠢事，不由得放聲大笑起來。

而其中有一個人物形象特別令人矚目，他其實不像個印度的人物，而更具有《舊約》中人物的偉大氣質。這人是薩卡塔拉大臣，他連同他的上百個兒子被國王一起關到地窖裡。他們這麼多人每天得到的食物卻僅僅夠維持一個人的生命力。於是這位大臣就請求他的兒子們，從他們中選出一位來，此君覺得自己足夠強壯，有朝一日可以向國王報仇。他們就都選了自己的父親，這樣在他的兒子們陸續餓死的時候，這位父親每天都得到食物，他活了幾年以便日後報仇。當他幾年後重獲自由，他又可以進行報仇了，他要找一位有擔當的助手。他選了一位婆羅門作為助手，他見過這位婆羅門從乾涸的土地上將一株長著深根的草給連根刨出來，以作為報復，因為草葉中的一片葉子把他的腳給刺傷了。這位懷著隱忍的怒火的人最後成功地打敗了國王。

此外，我們自然可以看到相當多的故事，它們也出現在童話和逸事書中，這些故事傳到了歐洲，進入中世紀，傳給了薄伽丘。此外還有一些故事只有在印度才有可能，比方那個自古就非常著名的鴿子的故事，牠逃到了善良國王的胸前，他保護著牠免受老鷹的傷害，但國王付出了自己的生命作為代價；與這個故事相反的是一位善良的牧人。這樣的故事讓我們看到了最高貴的印度思維的中心。

這些故事通過一些框架以一種獨一無二的方式彼此相連，相互纏繞，相互交織，就像那些亞洲的刺繡作品中的神祕的裝飾性的纏繞。

德國目前在毫不嫉妒地承認異域的成就方面、在對文學中超越民族的人性上，感覺上走在所有民族的前面，但願德國不久後能夠繼續從事這些和平與理解溝通的工作！不是單個作品，而是這些工作的總體精神將會緩慢而有耐心地促進人類的發展——或許在遙遠的夢中的未來終於可以做到，讓戰爭變得多餘起來。

12

日記選摘

1920/1921

我研究印度即將二十年了，現在看來，這一研究到了一個新的發展點上。到目前為止，我的閱讀、尋找和感知幾乎都完全放在具有哲學、純粹精神性、吠檀多的和佛教的印度特性上，在這個印度世界的中心是《奧義書》和《佛陀語錄》。一直到現在，我才更加接近了最根本宗教諸神的印度，毗濕奴、因陀羅和梵天以及黑天神，等等等。而現在整個佛教在我看來就像是印度的一種改革，恰好可以跟基督教的改革相對應。雖然佛陀更深刻，但目前佛在我看來完全可以和路德相比較（當然只是就其與古代、與祭司和婆羅門教的關係而言）。佛教的快速傳播在我看來與歐洲的宗教改革非常相近。二者都始於精神化和內在化，個體的良知成為最重要的準繩，都旨在鏟除對外在事物的崇拜、鏟除可以買賣的恩惠、鏟除巫術與獻祭，祭司階層的影響力在喪失，而以個體的思考和良知來抵禦古老的權威。

而在此期間，被攻擊而受到動搖的舊宗教在其內部進行了改革和更新，而新的學說卻已飛快地被過度使用殆盡並且作為教會和大眾宗教再次降級，但古老而純真的宗教表現為更有持續力的宗教，而且帶著新的理論屹立不倒。在幾百年之後，新教已經十分不堪，作為狂熱崇拜變得更加貧瘠和僵化，所以來自古老的神祇王國的新狂熱崇拜重新出現時，佛教又日漸式微了。從前被摒棄的毗濕奴和因陀羅又再次出現，一批又一批的神祇誕生了，它們發生變化，不斷豐富充實，受到頂禮膜拜，通過百花齊放的巨大藝術品來敬神，而佛教中曾經意味著拯救世界和終止祭司階層的純粹、靜穆、善良、神聖的學說，現在逐漸成了一個安靜的、被容忍的教派，這個教派的繼續存在不再惹惱任何人，但民眾的心也不再對這個學說和狂熱崇拜有所在意。這兩次，在印度和歐洲，這種無神的，看著似乎更加純粹、更加崇尚精神的新教的宗教作為宗教根本就不具備創造的能力，它最終成為了哲學、科學和辯證法。但到目前只有天主教，雖然它顯而易見地勝利地經受住了宗教改革，不久前還展示出創造力，正如同婆羅門教那樣。

天主教教會領先於經過宗教改革的教會之處，亦即神祇崇拜領先於佛教之處，不僅僅在於美學、直觀性和崇拜物的多種形式。而首先是思想的彈性和可塑性以及大得多的適應能力。經過改革的清教信仰要求自我的奉獻，很少人能做到這一點，就是能做到的少數人也並非總能做到，而只是在極少的興奮時刻。我只能在極少數情況下非常不完全地奉獻出我的自我、欲望及願望；然而奉獻上祭品、膜拜、花環、舞蹈和屈膝，這些我隨時都可以進行。在正確的時刻，這些看似是外在的、粗鄙的和機械的奉獻可以內在地與奉獻我的自我合為一體。天主教的禮拜活動可以隨時地進行，天主教的神父只要把彌撒袍穿上就可以立刻成為神父——而路德教派的禮拜活動卻與自身相矛盾，且缺乏儀式感，新教的牧師要通過長時間的、辛苦的布道來證明他是牧師，而沒有人相信他這一點。因此那些具有宗教改革色彩的宗教培養出一種自卑情懷的不佳的禮拜儀式。

佛教徒是禁止探討涅槃的。涅槃究竟是消逝還是與神成為一體，究竟是消極的還是積極的，究竟是意味著極樂或只不過是一種安寧，佛陀摒棄了去說它，禁止討論。我也覺得，就此進行討論沒什麼用處。就我的理解，涅槃意味著個體對一種尚未割裂開的整體的回歸，是邁向個體原則之後的拯救的一步，用宗教語言來說，就是個體靈魂回歸到整體靈魂，回歸到神。另外一個問題是，一個人究竟能否渴望或尋求這種回歸，一個人是否應當走佛陀的路。如果神將我拋入這個世界，讓我作為個體生存，那麼我的任務是否是盡快地、快速地再回到一統中去——或者我更應當以此來完成神的心願，亦即我就隨意遊蕩（在我的《克萊恩和瓦格納》一書中，我稱之為「讓自己自由落體」），我就將神的不斷分裂於每個個體、盡享每個個體的這種意圖，與神一起懺贖？此處佛教學說中純粹的理性之處讓我覺得不再那麼受用，這些恰恰是我在年輕時最為驚嘆的部分，而在今天看來是一種缺陷：這種理性和無神性，這種可怖的精確性和這種缺失，神學的缺失、神的缺失和虔信的缺失。我也常常覺得，基督實際上比佛陀多走了一步，這一步就正是在於，他將復活問題和涅槃徹底地摒棄了。加伯[1]說過：在印度哲學中有六個體系，而所有的六個體系都建立在一個錯誤的基礎上，即對靈魂輪迴的堅信。就是說，這位教授用輕輕的微笑將幾千年以來最智慧的人們所想和所信的東西稱為一種愚蠢。好吧，儘管如此，我接著往下讀，我以前就知道加伯和他多少有些愛吹毛求疵的習慣。他的書裡有這麼一段：在對數論派學說進行簡短的描述時，我十年前就讀過這一段，我看到對涅槃的整個機械過程的精確細致的描寫，我馬上就覺得（加伯也是這樣推測的）極有可能佛陀

⊙1理查德·馮·加伯（Richard von Garbe, 1857-1927），梵文學家。——原注

確實了解這個學說。數論派承認兩個原則，兩種事物沒有開端和結束：物質和靈魂。我們人體中一個極為精確的機制，一個我們很容易將其視為靈魂本身的機制（實際上是神經系統）連接著二者。而只有在物質上發生著種種變化，所有的過程都只在它那裡發生，但靈魂本身卻一直是同一個。我可以通過學會「區分」來經歷快樂和克服悲傷，將其拋在身後，也就是說，我通過這認識到，所有發生的一切都不會觸及我的靈魂，而我將我體內的那個機制與我的真正自我搞混了。認識到這一點，並且以此行事，那麼我就不會再生，因為靈魂離開感官時，意識也就消失了，我的靈魂雖然永遠存在，但是它是無意識的，我不再感知，而在我與物質之間的聯繫（也就是在我和再生的可能性之間）被閉合了。

對這些簡潔表述而實際上極為巧妙的，時而與沉靜冥思結合在一起的心理學的認真思索，使我在那些天裡極為愉悅。我在那些天裡寫下了這首詩〈有一天，心兒，你將安寧〉[2]：

⊙2這首詩原名為〈輪迴〉，寫於一九二一年二月十五日。——原注

有一天，心兒，你將安寧
你將最終屈從於最後的死神
你將走向寂靜，
滑入無夢的安眠。
他常常從金色的幽暗之處向你招手，
你常常渴望他走近。
遙遠的港灣，當你的小舟，
被一個又一個風暴追逐，飄零在海上。
而你的血液搖晃著你
在紅色的波濤中通過行動和夢想，
心兒，你仍在燃燒生命的激情與熱焰。
果實和蛇以甜美的脅迫從世界之樹中誘引出你，
引向願望和饑餓，罪感和歡愉，
千百個聲部遊戲著那絢麗彩虹，在你的胸中。
愛的遊戲邀請你進入情欲的原始森林，進入快樂的痙攣，

那裡陶醉的客人，那裡動物和神同在，
激動，疲乏，抽搐著，毫無目標。
藝術，那安靜的魔法女郎，引導你
進入她的殿堂，以極樂的幻術，
將色彩的面紗，籠罩在死亡和困苦之上，
將苦痛變成快樂，混亂變成和諧。
精神引導你邁向最高的遊戲，
它將你置於星辰的對面，
使你成爲世界的中心，
在你的周圍安排宇宙齊唱；
從動物和汙泥一直上升至你
它指出豐富的先人痕跡的緣由，
將你變爲自然的最終一點，
然後它打開幽暗的大門，
它指向神，指向精神和欲望，

展示，感官世界如何自它舒展，
無限如何一再重新建構，
它嬉笑中將世界變爲泡沫，使你重新
喜歡這個世界，
因爲你正是，那個夢見世界神和宇宙的人。

也從那陰暗的過道通過，
那裡鮮血和欲望上演著恐怖一幕；
也有一條小路通向那
恐懼中產生陶醉、愛中衍生謀殺之處
犯罪在喧騰，瘋狂在喧囂，
在夢與行動之間沒有界碑，
所有這許多路，你都將行走，
所有這些遊戲，你都在經歷，
你放眼望去，每一個人

都走著一條新路，很誘人的路。
財產和金錢是多麼美好！
蔑視財產和金錢是多麼美好！
向上走向神，向下回到動物，
到處都在因快樂而戰慄，
走這，走那，成爲人，成爲動物，成爲樹！
色彩斑斕的夢是無限的，
一扇一扇向你打開的門是無限的，
從每一扇門都奔騰出生命的大合唱，
每一扇門都在誘惑，都在呼喚
一個一閃而過的幸福，一直轉瞬即逝的芳香。
恐慌擒住你，進行斷念，施行德行
攀上最高的塔頂，將自己抛下！
但你知道，你在各處都是過客。
是情欲、痛苦的過客。也是墳墓的過客——

你還沒歇息夠，墳墓將你吐出，
吐到永恆的降生洪流中。

在上千條路中有一條，
難以找尋，易於感知，
它以一個步驟來衡量三界的循環，
它不再迷誤，達到了最終目標。
在這條道路上，認識向你綻放：
你最內在的自我，任何死神無法摧毀，
只屬於你自己。
不屬於世界，世界只屈從於各種名號。
歧途是你漫長的朝聖之旅，
歧途受困於無名的錯誤，
你如何能如此長久地昏了頭腦，
這些巫術又怎能如此對你起作用，

以至於你的眼睛一直沒有找到這條路？！
現在終結巫術之力，
你清醒了，
聽到了遙遠的齊聲合唱，
在失誤和感官的山谷
你淡然地從外界轉身，
轉向你自己，轉向你的內心
然後你得到安寧，
你將安然地接近最終死亡
走向寂靜
走向無夢的深眠。

13 印度之魂

具有新教清教徒特點的宗教看來全都不如天主教更具可塑性和適應能力。因此在全印度，佛教曾經幾乎壓倒和取代古老的婆羅門教長達幾百年之久，之後很長時間以來再度黯然失色並且幾乎歸於沉寂，勝利者是「印度教」，一種由古老的婆羅門教發展形成的民族宗教。印度教沒有教義學，或許是無法著述出來，因為印度的這個宗教，世界上最虔誠的民族的宗教，實際上具有一種獨一無二的可塑性、適應能力、伸縮性和永恆的生產能力。有的「印度教徒」只禮拜一個最高的精神主神，同時也崇信諸多神祇；有的印度教徒相信鬼靈和巫術，崇尚殉葬和驅魔的祭禮；還有的印度教徒的信仰與伊斯蘭教和基督教的理念充滿了相似之處。

印度教沒有體系，沒有特定的概念為基礎，也沒有教義典籍，歷經數千年卻沒有消失或者瓦解，而是無數次結合充滿創造性、富有轉化力的成分，不斷發現新的形態，用無限的慷慨和寬容吸納外來元素。印度的神祇具有多頭多臂的形象特點，與之相似，印度教也有無數副面孔，或原始粗獷或精雕細琢，或如孩子般純真或如男子樣剛毅，或柔和或粗暴。

闡述這個如此錯綜複雜並且依然活躍的統一體系，是一種大膽的嘗試。赫爾穆特·馮·格拉澤納普[1]是第一個做出這番努力的德國人。他以異乎尋常的勤奮和認真撰寫的書，與其說是一部首創的天才之作，不如說是一部極其縝密的作品，但這種縝密恰恰是開山之作非常需要的。這是一位傾情投入、堅定審慎的搜集者取得的非常值得感謝的成果，對我們來說，這個領域最出色的歷史哲學闡述或許都不如它更有價值。格拉澤納普對印度教的歷史和內容作了一個令人驚訝、內容豐富的概述，他並沒有試圖去闡明無法解釋的事物，而是清楚地看到，有一種隱祕的、從外部看不出的一致性哺育了這種宗教並讓其牢牢凝聚在一起，它就是印度靈魂獨有的結構，印度教的根基和核心既不存在於諸多祭禮中的任何一個，也不存在於《吠陀經》或者僧侶階層，而是存在於印度的現實生活之中，存在於印度社會嚴格的階級制度下，

⊙1赫爾穆特·馮·格拉澤納普（Helmuth von Glasenapp, 1891-1963），德國印度學家及宗教學者，著有多本關於印度及印度各宗教的書籍，包括《印度教：今日印度的宗教和社會》（*Der Hinduismus. Religion und Gesellschaft im heutigen Indien*, 1922）。——編注

即所謂的種姓制度下的印度人民實際的日常生活之中。

本文篇幅有限，無法在這裡恰如其分地評價這部作品。德國的印度語言和文化研究者所著書籍中，呈現出一些全新的氣象，因為此前的這些書籍只是論述某個過去的歷史上的印度或者某個抽象的思想上的印度，卻從未涉及這個生機勃勃、近在咫尺的印度。著寫這樣一本書不僅要求抽象的研究，而且需要大量的親見親歷和實地旅行，因此，從事這樣的事情必須要把才能同得天獨厚的條件結合在一起，現在似乎已經順利實現了。格拉澤納普的這本書幾乎完全不拘於歐洲科學家的狹隘見解，它是迄今為止德國人所著的最生動、最具研究性質的有關印度的作品。

14

印度教

佛教和所謂的吠檀多哲學在我們歐洲如此出名並且幾近流行，而那個人們稱之為印度教的印度的主要宗教對於學者和教團成員來說同樣如此鮮為人知，如此被迴避和畏懼。這種宗教信奉那些有著多臂寶象的神祇，歌德曾經用了一個小時的惡劣情緒強烈地抗拒這些神怪，以免影響自己內心更深刻的概念。可是現在，這些神祇又卷土重來了，它們已經借助藝術之路來了幾十年，可是西方國家突然間才發覺，對日本恰如其分的評價對印度而言一定是低估了，而且印度藝術也已經被發現了。現在印度神祇的世界來了，帶著它的多臂神、多胸女神，帶著它面含古老微笑的石頭神像和聖者像不可阻擋地襲來，它的來襲有許多途徑，通過神祕學祕術和宗派主義，通過收藏家以及藝術和古玩愛好者，通過科學的途徑。今天要特別讚賞推薦一部作品，即赫爾穆特·馮·格拉澤納普[1]所著的《印度教》一書。

幸虧格拉澤納普並沒有打著歷史哲學或者神學的旗號，他甚至以幾近清教徒式的簡單實在放棄了對具有神話色彩以及被頂禮膜拜的事物進行注釋，他遵循最主要之事，恪守他的任務，堅持搜集資料並且盡可能地以資料展現出來的可見之物為依據。這些資料是印度教的明證，囊括內容從《吠陀經》和《密續》[2]一直到今天的風俗和祭禮，格拉澤納普把它們匯集在自己這部內容極其豐富充實的著作裡，並且進行了非常合理巧妙的整理歸類。此前人們必須從眾多冷僻並且有些部分混沌不清的原始素材中查找的所有資料，現今一書在手便可以如此近便、如此清晰地掌握，實屬一件樂事。書中所配插圖都經過了強調鮮明特色、獨具匠心的精挑細選，同樣值得讚賞和感謝。這是迄今為止唯一一部以專業態度對印度的宗教和風俗予以答覆的德語書籍。

以前，我們幾乎全是透過哲學的眼睛來審視地球上這個在宗教方面最有創造性的民族，並且幾乎只了解古印度那些力圖通過理性來解決宗教問題的體系和理論。對於這個民族真正的宗教——印度教，一個最有創造性的、在可塑性方面無與倫比的宗教，我們現在才開始逐漸意識到它的偉大和精妙。

⊙1見八〇頁注釋1。

⊙2《密續》（*Tantras* 又譯譚崔、怛特羅），印度密教主義經典，後來佛教密教主義亦採用其名稱。——編注西方人研究印度時，有一個問題最讓他們感到頭疼和傷腦筋，那就是神對於印度人來說有可能同時具有超驗性和內在性，這個問題正是印度宗教的真正核心。對於印度人，這個既在宗教情感又在抽象思維上都有著如此矚目的創造性的民族，這個問題本身根本不存在，他們從一開始就確定並且明白，人類的全部認識能力和思維藝術只能正確評判低等世界，即人類的世界；相反，我們唯有懷著獻身精神，崇敬、冥想和虔誠才可能接近神性。印度教在今天跟三千年前一樣仍是印度的主流宗教，它就這樣以天堂般的色彩繽紛和平地包羅了巨大的矛盾，截然相反的表述和本身固有的截然相反的教義、禮俗、神話和祭禮。它不僅有最溫情的一面，而且也有最殘忍的一面；不僅最具精神性，而且也充斥著大量最富淫欲的觀念；不僅有最善良的教義，而且也有慘絕人寰和野蠻的祭禮。

真理是永恆的，它既不存在於這類形態之中，也不存在於那些最精美、最高貴的形態之中，真理遠遠超出了這一切。因此，婆羅門可能從事神職，感性的人可能喜愛黑天神，頭腦簡單的人可能崇拜沾著牛糞的石像的面孔——這就是神的面前萬物皆歸一，它只呈現出一種表面上的多樣性，只是表面上的對立。

格拉澤納普秉承客觀如實、嚴謹認真的態度著寫的這本書作出的貢獻是巨大的。

它幾乎完全擺脫了歐洲主義的束縛，不羈於那種傲慢的或者譏諷式的吹毛求疵，而德國學者尤其愛以這種吹毛求疵的心態談論亞洲的事物。

15

直視遠東

教會我最多、讓我最為欽佩的兩個「有色」民族是印度人和中國人。這兩個民族創造了一種精神和藝術文化，他們的文化比我們要悠久，並且在內涵和精美程度上不輸於我們。

印度思想的繁盛期大致與歐洲同時，約在荷馬和蘇格拉底之間的幾百年。當時，印度跟希臘一樣，關於世界和人的思考達到了迄今為止的最高境界，發展出宏大的思想體系和信仰體系，這些體系在後世並沒有得到實質性的豐富，或許也不需要，因為直至今日它們依然散發著旺盛的生命力，幫助億萬民眾經受住生活的考驗。與古印度高度發展的哲學並存的是形形色色、富含深度和幽默的神話，這是極具想像力的、通俗的神怪世界和宇宙哲學，不管在文學創作方面，還是在雕塑領域，甚至在民間信仰中都長盛不衰。然而就是在這樣一個色彩繽紛的世界，誕生了一個令人崇敬的人物，偉大的佛陀釋迦牟尼，他放棄塵世生活終以成佛。今天的佛教，無論是以原始的形態，還是以中國和日本的禪宗形態，不管是在其發源地，還是在整個西方，也包括美國，都表現為一種享有最高道德和巨大吸引力的宗教。近兩百年來，西方思想時常強烈地受到印度精神的影響，最近一位偉大的見證者就是叔本華。

如果說印度精神側重於靈修和虔誠，那麼中國思想者的精神追求主要針對實際生活、國家和家庭。大部分中國智者最關切的事情，就是如何成功地治理好國家，讓所有人安居樂業，這也是赫西俄德和柏拉圖的願望。他們同西方的斯多葛學派一樣，崇尚自我克制、禮貌、堅忍、沉著冷靜這些美德。此外還有一些形而上學、注重自然力的思想家，首位的就是老子和他的追隨者、充滿詩意的莊子。佛教傳入中國以後，中國發展了佛教的倫理道德，慢慢形成一種極其獨特、非常有效的形態——禪宗，它跟印度佛教一樣在當今的西方世界也有著顯著的影響力。眾所周知，一種同樣技藝高超、精美的造型藝術也伴隨著中國智慧而產生。

如果把十七世紀法國或者英國的政治跟今天進行比較，就會發現，一個民族的政治觀在短短幾個世紀的時間裡可以發生急劇變化，這也不一定意味著民族性的核心發生某種變化。我們要祝願，中華民族在經歷了這段混亂迷惘的時期以後仍然保留著美好的特質和天賦。

短篇小說

1 一位印度王的傳奇

在古老印度的神祇時代，在釋迦牟尼佛誕生前的幾個世紀，婆羅門的一位新國王登基了。這位年輕的新國王享受著兩位智者的友誼，並領受他們的教誨。他們教導他，通過齋戒來完成自我的聖化，來使自己血液中的狂飆屈服於自己的意志，這樣可以使自己的思想通往理解唯一的神的道路。

當時在婆羅門中，就諸神的特性和權限、就一個神與另一個神之間的關係、就諸神與唯一終極的神之間的關係產生了激烈的爭論。有些思想家開始否認任何一個神祇的存在，他們認為各式各樣的神祇名號只不過是那位不可見的唯一之神的各個可感知的不同組成部分。另外一些思想家則激烈地反對上面的觀點，執著地認同舊的各種神祇、舊神祇的名稱和他們的神像，而且他們恰恰不同意將唯一的無所不能的神視為本質性的神，而只是將其視為所有神祇的總稱。所以，蘊含在頌歌裡面的神聖詞句被一部分人理解成是創造出來的，是可變化的；而另一部分人則認為它們是原初本質的，就是說被視為不可變化的。此處和其他一切關於神聖知識方面對終極真理的追求，都表現在對何為精神本身以及何為其名稱這一問題的懷疑和困惑上。雖然也有一些人反對上述的區分，認為精神和詞句，本質和比喻是不可分的一體。過了大概兩千年之後，歐洲中世紀中最高貴的頭腦也在爭論著同樣一個問題。在這裡也和在那裡一樣，在那些認真的思想者和忘我的鬥爭者之外，也有一些肥頭大耳的牧師，毫無精神和奉獻意識地致力於保證貢品和牧師群體的聲望不會受到些許的損害，致力於讓思想自由以及對神的觀念的自由絲毫不能動搖牧師們的權利和減少其收入。他們沒少敲詐民眾：如果誰的兒子或者家中母牛病了，那麼牧師會在他家裡待上幾天或者幾個星期，他就只能奉上許多供品。

渴求知識的國王正在享受那兩位婆羅門智者授業，可是他們兩位對終極真理的認識也不一致。因為他們兩位都因其卓越的智慧而享有盛譽，所以國王也常常對他們的不一致感到很困惑，他有時自忖：「如果這兩位最有智慧的人都無法就真理達成一致的看法，那麼像我這樣學識不足的人又會在什麼時候才能成為一個真正的智者？我自然不懷疑存在唯一的、無法分割的真理，但我怎麼覺得就算婆羅門這樣的智者都無法確切地找到真理。」

但他就這個問題求教於他的兩位老師時，他們只是說：「道路有很多，但是目標只有一個。齋戒吧，泯滅你心中的熱欲，大聲誦讀聖詩，細細體味其中含義。」

國王就遵循著智者的話去做，在求知的途中進步很快，但卻無法逼近目標，也無法看到最後的真理。他克服熱血中熾熱的欲望，摒棄所有動物性的渴求與舒適，僅按照最低需要攝入飲食——每天只吃一根香蕉和幾顆米粒——他就這樣進行對身體和精神的洗禮，他要全身心投入地把一切力量、一切渴求都瞄準最後的目標上去。那些先前對他而言聽著十分空洞和枯燥的聖言現在慢慢地向他綻放出具有魔力的花朵，給他帶來內心最大的慰藉。在培養理智的練習和遊戲中，他一步一步地獲得成就。但是通往最後的祕密與存在的最終謎底的鑰匙他並沒有找到，他為此黯然。

他決定，通過更艱苦的行動來進行苦修。他將自己鎖在最封閉的密室，整整四十天，他一口食物也沒吃，不用被褥和枕頭，睡在光禿禿的泥地上。他那羸弱的軀體散發出純淨，他消瘦的臉龐閃爍著內在之光，他的目光炯炯有神，讓婆羅門的目光都自愧不如。到了四十天結束時，他邀請所有的婆羅門來到寺院的大殿裡，來練習用他們的理智解決困難的問題，額頭上飾有金飾的母牛將是勝者的戰利品。

祭師和智者紛紛前來，坐在大殿裡面，隨即就開始了思想和言語的交鋒。他們一條一條地證明感官世界和精神世界是完全精確對應的；在解釋聖言詩句時，他們使自己的感官銳利起來，並且討論梵天和阿特曼（梵 Ātman，真我）。他們將千手的原始之物與風、火、水、溶解於水中的鹽、男人與女人的合體進行比較。他們為梵天想出比喻和畫面來，而這些想像要比梵天本身高大。他們把進行創造的梵天與自身蘊含被創造之物的梵天區分開來，他們試著將其與自身進行比較。他們才華橫溢地討論著，阿特曼是否比其名稱更為古老，或者其名稱與其本質一樣都是其自身的一種創造。

國王時不時地抬起身子，試著向智者們不斷地提出新問題。眾婆羅門給出的答案越多，在他們中間的國王就越感到孤獨和無助。他越是提問，越是對答案點頭，越是讓人們給出最具智慧的答案，在他的內心就越燃燒著對真理的渴求。他大概意識到，種種言談和各式研究僅僅圍繞著真理打轉，卻並未觸及它，而沒有一人能夠進入通往真理的內核。他向他們提出問題，並且分贈禮物，他覺得自己就像一個孩子，跟其他孩子在戲耍中徹底忘記了自己，大人們都會嘲笑這個好玩的兒童遊戲的。

在這次大型的討論中，國王越來越沉寂下來，走向自己的內心，他閉目塞聽，將自己熾熱的意志瞄準真理，他知道，這種真理存在於每一個人之中，在每一個人心中沉睡，也同樣在他——在國王的身上沉睡著。因為他純粹地、赤條條地面對自己，他越來越在自身中找到了滿足和光亮，他越是往自己的內心深處走，面前的光也就越是明亮，就像是一個在洞穴中遊歷的人，一步步走向光芒四射的洞口那樣。

而此時，那些婆羅門彼此還繼續著爭論不休，毫無歇息之意，根本沒有注意到國王已經視而不見，聽而不聞了。他們爭得面紅耳赤，聲音越來越響，越來越激烈，有的人可不願意別人得到國王準備送出的乳牛。

終於有一個人注意到了沉寂於自身中的國王，他伸出手指來指向他。這人旁邊的人也安靜了下來，也同樣伸出了手指，此人身邊的人也同樣做出一樣的手勢；在大殿的一端還有些人在喧嘩和爭吵，而大殿的其他部分如死一般寂靜。終於，所有的人都靜了下來，都靜默不語地看著國王。國王筆直地坐著，表情凝固，他的目光指向無限，他的面容如星辰一般放射出明亮而清冷的光。所有的婆羅門都在這位得道的人面前鞠躬，他們認識到，他們所有的人做的都不過像是扮家家酒，而神本身，也就是所有神祇的完美化身降臨在這位國王的形象上。

國王，他的所有感知都融於唯一之中，轉向了自己的內心，看到了真理本身，無法分割的純粹的光，這光以一種純美的確信穿透他，就猶如陽光穿過寶石那樣，他自己成為光，成為太陽，將創造物和造物主合二為一。當他從入定狀態中走出時，他的眼睛充滿笑意，他的額頭猶如星辰在發光。他褪去王袍，離開了寺院，離開了城市，離開了他的王國，赤身裸體地走向森林，他永遠地消逝在森林中。

2 新娘

西尼奧拉・里喬蒂是在威尼斯和倫巴第大區常常能遇到的那類性格軟弱、有點懶散的金髮女郎，她和她的女兒瑪格麗塔不久前在布倫嫩的瓦爾德施泰特霍夫飯店下榻。她胖胖的手指上戴著多個漂亮的戒指，她極有特色的步態在之前還可以說是富態，有彈性而穩健，那麼現在這種步態業已發展成為一種完全可以稱之為左右亂晃著向前挪動的方式了。她很優雅，而且從前顯然十分習慣於受到傾慕，所以她現在給人的印象不錯，而且是個站得上檯面的人物。她化著濃妝，晚上有時在鋼琴的伴奏下一展歌喉，她的聲音受過良好的訓練，纖細、有些圓潤。她唱歌時用她那圓滾滾的短胳膊舉著樂譜，兩隻手腕向外翻轉，讓樂譜遠離身體。她來自帕多瓦，她那已故的丈夫在當地曾是一位有聲望的商人和政客。丈夫在世時她生活得隨心所欲而又與世無爭，花的錢要比掙的多；丈夫故去後，她以一種大無畏的勇氣持續著這種生活方式。

如果不是她身邊那個美麗的小女兒，我們大概不會對她有任何興趣。她的女兒名叫瑪格麗塔，那孩子看著不過十五六歲，在寄宿學校待得久了面帶菜色，食欲極差。她是一個蒼白的窈窕少女，長著一頭濃密的深色金髮。她穿著簡簡單單的白色或者淺藍色的夏季服裝在花園或街頭走過時，人們常會帶著讚賞的目光回過頭去看她。這是里喬蒂夫人第一次帶著她出來看看世界——因為在帕多瓦她們離群索居——她跟自己的女兒一起出現在飯店時，往往會在女兒面前顯得十分遜色，她散發出的那種絕望之光倒是與她這個人有幾分吻合。里喬蒂夫人雖然是個好媽媽，但她暗地裡對自己的命運並非沒有其他念想，甚至對自己的未來也並非沒有什麼打算。現在她開始慢慢地放棄了對自己的這些暗地裡的希望，開始打扮她的小閨女了，她就像一位好媽媽那樣，將自己結婚時的各種首飾從脖子上摘下來，掛在一天天長大的女兒身上。

從一開始就不乏男人對這個苗條金髮的帕多瓦姑娘感興趣。但是媽媽卻整天守護著，就像一座貼滿各種要求的、高度警覺的壁壘一般圍繞著這個姑娘，這足以讓一些想入非非的男人望而卻步。她女兒得到的男人，要足以讓她過得好，因為她只有美貌作為她的唯一嫁妝，那麼這一點就顯得尤為重要。

沒過多久，我們這篇小說中的男主角就在布倫嫩出現了。一切都比這位憂心忡忡的母親想像的要來得更快更簡單。有一天瓦爾德施泰特霍夫飯店裡來了一個德國年輕人，他對瑪格麗塔一見鍾情並且立刻態度堅定地表達了他的心意，只有那些時間可能不多並且不會拐彎抹角說話的人才這樣做。實際上施塔滕福斯先生的時間也很有限。他是錫蘭一家茶園的經理，現在在歐洲度假，兩個月以後他又得離開歐洲而且最快也得過上三四年才能回來。

里喬蒂夫人並不喜歡這個消瘦、臉曬成了棕黑色、舉手投足間頤指氣使的年輕人，但是瑪格麗塔喜歡他。他一開始就熱烈地追求瑪格麗塔。他長得還不錯，帶著在熱帶地區生活的歐洲人所慣有的漫不經心的優越感。他今年才二十六歲，而他來自充滿神奇的錫蘭，單這一點就夠浪漫了。他來自海外，這本身也賦予他一種當地的一般人所不具備的優越感。施塔滕福斯總是穿著英式服裝，從晚禮服到網球裝、從燕尾服到登山工具，用的東西品質都是最上乘的。對於一個單身漢而言，他隨身帶的箱子多得令人驚奇，也大得令人驚奇。看樣子，他徹底習慣了過最上流的生活。他神定氣閒地參與夏季裡所有的消遣活動，每一項應當參與的活動他都做得恰到好處，但他卻從來不帶著多麼大的熱情參與。無論是登山、划船、打網球還是打惠斯特牌。他在這個圈子裡，就像是個漫不經心的客人，一個來自遙遠的童話般的世界的人，那裡生長著棕櫚樹和鱷魚。在那個世界裡，他這類人住在寬敞明亮的鄉間大別墅裡，讓螞蟻般勤勞的有色人種的僕人為他搧扇子並端上冰水。只有在面對瑪格麗塔時，他才放下那種氣定神閒的神態和那種異國情調的優越感。他跟瑪格麗塔說話時用一種激情四溢的德語、義大利語、法語和英語的混合語。他從早到晚都守候在那裡，等待著里喬蒂母女的出現。他為她們讀報紙、為她們搬去沙灘椅。他毫不掩飾他在努力追求瑪格麗塔。不久後，人們就很緊張地關注他是如何追求美麗年輕的義大利女郎的。大家甚至帶點運動興趣來關注他的浪漫故事，有時甚至拿他來打賭。

這些狀況讓里喬蒂夫人覺得相當不悅。有時她就像一位受到傷害的女王那樣劈頭蓋臉地咆哮著，瑪格麗塔看上去淚水漣漣，而施塔滕福斯則一臉悶悶不樂地靠在陽台上喝威士忌蘇打。他很快就和姑娘情投意合，他們要彼此不再分離。在一個悶熱的早上，里喬蒂夫人怒氣沖沖地對女兒說，女兒跟那個種茶的年輕人的親密往來會嚴重損害她自己的名聲，年輕人若沒有萬貫家財，她是絕對不會考慮的。被這番話激怒的姑娘把自己鎖在房間裡面，仰頭喝了一小瓶她認為有毒的去汙劑，但那瓶水只不過把她原先就不怎麼好的胃口又完全給弄糟了，她的那張小臉變得更加蒼白和虛脫。

瑪格麗塔在沙發上躺著難受了好幾個鐘頭，里喬蒂夫人專門租了一艘小船，跟施塔滕福斯先生認認真真地談了幾個小時，就在同一天，兩個年輕人訂婚了。第二天一大早，這位年輕的海外人士興高采烈地在同一張餐桌上與那兩位女士共進早餐。瑪格麗塔很開心，她母親卻覺得，這個訂婚雖然是必不可免的壞事情，不過但願壞事只是暫時的。她暗自思忖：「不管怎麼說，家鄉可沒有人知道這次訂婚。如果不久後有更好的機會，準新郎反正也遠在錫蘭，也不必去徵求他的意見。」所以她也堅持這一點，就是施塔滕福斯不必推遲行期，而且當準新郎提出最好在這個夏季就舉行婚禮，然後把新娘一起帶到印度去時，她立刻以馬上離開此地和解除婚約相要挾。

他只能做出讓步，而且是咬牙切齒的讓步。因為從訂婚的那一刻起，里喬蒂母女就像是長在一起了，兩人形影不離。他必須用盡了詭計，才能獲得幾分鐘跟自己的準新娘獨處的時間。他在琉森為她買了最漂亮的送給準新娘的禮物，不久後，一紙商業電報把他召回英格蘭，他的準新娘在其母親的陪同下到熱那亞的火車站迎接他時，他才再次見到準新娘，她們到熱那亞是為了再見見他，然後第二天一早陪他去港口。

「我最晚三年後回來，然後我們舉辦婚禮。」他在登船時還從舷梯上往下喊，舷梯被收起來，船隻離港的音樂響起來了，北德意志—勞埃德公司的郵輪緩緩地駛離港口。

留下的母女二人靜靜地回到了帕多瓦，又持續著原有的生活。里喬蒂夫人對訂婚一事隻字不提。「一年以後，」她想，「一切都會不一樣了。到時候，和女兒會再另找一個高雅的療養中心，到時候肯定會有新的更好的可能性出現。」在這段時間裡，遠方的準新郎常常寫長長的信來，瑪格麗塔很幸福。她很快就從這個疲憊的夏季中緩和了過來，明顯地綻放起來，也不再那麼慘白，告別了茶飯不思的狀況。她的心有所歸屬，她這一輩子也有所依托。在安寧生活的簡樸舒適中，她做著少女美好的白日夢。時而學點英語，用一本大相冊來收集她的準新郎寄來的棕櫚樹、寺廟、大象等的照片。

第二年夏天，她們沒有出國，而是在歐加內丘陵的一個小度假村停留了幾個星期。母親慢慢地也放棄了打造那些置女兒的內心所屬於不顧的宏偉計畫。從印度時不時地也有些包裹寄來，裡面裝滿了精細的麥斯林高級薄紗和漂亮的抽紗製品、豪豬鬃做的盒子、象牙製的各種小玩意兒。這些東西也常常被拿來展示給認識的人看，而且不久客廳裡就填滿了這些物件。一次傳來消息，施塔滕福斯病重，被帶到山中去休養，里喬蒂夫人幾乎都不抱希望了，她和女兒一起為親愛的遠方的人兒祈禱，願他康復。他很幸運地康復了。

對兩位女士來說，這樣靜靜地度日是一種非常的狀況。里喬蒂夫人比她生活中的任何時候都更加資產階級。她變老了一些，也變得胖了很多，胖得連唱歌都很困難了。也沒有什麼藉口讓她再去拋頭露面，或者去打造一種她的家境十分殷實的表相。現在也用不著那樣去精心打扮了，也更喜歡無拘無束地過過小日子，也用不著省吃儉用地來花大錢去度假，而是怎麼舒服就怎麼過。

故事中的人渾然不覺，但瑪格麗塔一天天與她的母親越來越像，真是她媽媽的女兒。自從喝去汙劑以及離開熱那亞之後，女兒就沒經歷過任何傷心的事情，她綻放了起來，也日漸豐滿了起來。她既不勞心，也不勞力——網球她早就放棄了——沒有什麼能夠阻止她胖起來。她不僅沒有了憂傷的哀容，也不見了她那美麗蒼白的臉上耽於夢想的神態，而且她苗條的體態也逐漸發生了變化，慢慢地長成了一種安詳的豐滿，從前誰也想不到她會變得這樣胖。這種肥胖在她母親那裡顯得有些可笑和怪異，但是在她這處女身上則顯得健壯而且被年輕女孩的特有嫵媚中和了。但是毫無疑問的是，她正在變胖，而且正要長成一位令人刮目相看的、體格碩大肥壯的女士。

三年過去了，準新郎充滿絕望地來信，他今年不可能得到假期。而他的收入卻增加了不少，如果他明年還不能來歐洲看看，他要求他心愛的姑娘能去他那裡，住進他的一幢鄉間別墅，成為女主人，他目前正準備蓋這所大房子。

她們壓抑住了種種失望，聽從了這一建議。里喬蒂夫人也沒法自欺欺人了，她知道自己的女兒在外貌上已失去了一定的魅力，若再干涉女兒的未來，則沒有任何意義。

上面的這些故事是後來有人說給我聽的，而下面的事情是我自己偶然間親眼所見。一天，我在熱那亞登上了一艘北德意志—勞埃德公司開往東亞的輪船。在一等艙為數不多的乘客中，注意到一位義大利的年輕女子，她和我同時在熱那亞上船，自我介紹說是前往可倫坡的準新娘。她會說點英語。因為船上還有些前往檳榔嶼、上海、馬尼拉嫁人的年輕準新娘，這些年輕勇敢的姑娘形成了一個令人愉快的、討人喜歡的小團體，大家都喜歡跟她們來往。我們還沒穿過蘇伊士運河，就跟那些年輕女孩很熟悉了，我們還常常跟那位壯碩的帕多瓦女孩試著說義大利語，我們稱她為胖大個兒。

很可惜，經過瓜達富伊角後不久，海面變得不那麼平靜了，她暈船暈得十分厲害。我們到目前為止一直把她視為大自然開玩笑的產物，她整天一直病懨懨地躺在甲板椅子上，因而獲得了我們普遍的同情與憐愛，大家都盡可能地幫助她，給她方便，雖然我們有時也忍不住發笑，因為她的體態太令人吃驚了。我們為她端茶遞水，為她朗讀義大利語的文章，她有時也會對此報以微笑。我們每天早上和中午都用她的輪椅把她推到甲板上最陰涼和最安靜的地方。她快到可倫坡的時候，才多少恢復了一些正常，但她還是漠不關心地病懨懨地躺在椅子中，肥胖而善意的臉上總帶著一種孩子般的受難神態。

錫蘭慢慢地進入眼簾，我們所有人都幫著胖大個兒收拾她的箱子行李，那些箱子已經整理好，立在甲板上，等著到岸時送上岸去。在經過了十四天的海上航行之後，船上一片激動，人們帶著緊張的心情等待第一個重要港口。

每個人都渴望見到陸地，人們把熱帶用的帽子和太陽眼鏡都拿了出來，手持地圖和旅行指南，用望遠鏡觀察越來越近的海岸，完全忘掉了一個小時前還誠摯地告別過的人們，而這些人還在甲板上呢。每個人的腦子裡只想著上岸，盡快上岸，別無他念。無論是帶著好奇去看看第一塊熱帶地區的海灘，看看第一批椰子樹，黑皮膚的當地人；或者只是為了離開這艘突然變得完全沒意思的船幾個小時，而踏上堅實的土地，去一家舒適的飯店裡喝杯威士忌。每個人都忙著把他的客艙給鎖上，或者付清吸菸室的賬單，問問剛剛送上船的郵件中是否有自己的，聽聽世界上和政治上最重要的新聞，然後再接著傳播出去。

在這片忙忙碌碌的人群中，那位肥碩的帕多瓦姑娘絲毫不感興趣地躺在她的位置上，看過去更糟了，因吃不下飯她有些體力不支，雙頰凹陷，眼神昏昏沉沉。不斷地有那些已經向她道別過的人來到她的面前，就像是擁擠的人流把人又擠過來一樣，再次向她伸出手，祝賀她平安抵達。到岸音樂猛然響起來，大副來到舷梯旁，準備下令。船長出現了，他奇妙地完全換了個樣，認不出來了，穿著一身灰色的便裝，戴著條紋帽，船務公司的小艇坐上了他和幾位受到優待的客人，其他人則擠向用來擺渡上岸的汽艇和駁船。

這時候，從岸上來了一位身著白色熱帶服裝，衣服上綴著銀扣的先生。

他相貌不錯，熱帶帽子下曬成棕黑色的年輕臉上具有那種寧靜的堅毅和自立，在很多海外人士的臉上都能看到這個特色。這位男子的手上舉著一束巨大的、由印度的花朵紮成的花束，鮮花占據了他的整個懷抱。他顯然對這艘船十分熟悉，穿過人群，目光四下搜索著。在他經過我的那一瞬間，我突然意識到，這位就是那個胖大個兒的準新郎。他繼續急急忙忙往前走，來回兩次經過他的準新娘，消失在吸菸室中，上氣不接下氣地又跑回來，叫來主管行李的船員，最後總算是找到了乘務長，他一把拉住乘務長不放，讓乘務長幫忙。我看到他給了小費，急急忙忙地低聲詢問，而乘務長微笑著，高高興興地點點頭，朝著一張躺椅示意著，我們的帕多瓦女郎半閉著眼睛伸展著四肢躺在那裡。陌生男人走近了一些，仔細打量著躺在那裡的人兒，又跑回到乘務長那裡，乘務長肯定地點點頭，他又回來，隔著一定的距離再次審視了一下那個胖姑娘。然後他咬著牙齒，慢慢地轉過身子，猶豫不決地走了。

他走進吸菸室，剛才吸菸室的門還關著。他給吸菸室的船員一些小費，得到了「一大杯威士忌」，他坐在船員身邊，若有所思地喝完了威士忌。然後船員客客氣氣地讓他離開吸菸室，把小屋的門關上。

陌生男人邁著步走過甲板，面容蒼白，臉色很難看，甲板上的管樂手收起了他們的樂器。他走到甲板的欄杆邊上，讓那一大束鮮花輕輕地落入骯髒的水中，探出頭去看著，接著吐了口唾沫。

然後他似乎下定了決心。他慢慢地再一次在甲板上繞了一圈，走到帕多瓦女郎的位置，姑娘現在已經站起來了，很疲憊地怯生生地四處張望著。他走近了，把帽子從頭上摘下，曬成棕黑色的臉上白色的額頭在閃光，他把手伸向胖大個兒。

她抽泣著撲向他，摟著他的脖子，停留了一會兒，而他緊張陰鬱地從她那向前趨的脖頸呆呆地望向岸邊。然後他跑向欄杆，用僧伽羅語火冒三丈地吼出一大串命令來，然後默不作聲地挽著他的準新娘的胳膊，把她帶向小艇。

他們過得怎麼樣，我不清楚。但是他們還是結婚了，這一點是我在回程的時候從可倫坡的領事館聽說的。

3

羅伯特·阿吉翁

就如同每個時代都展現出不同的面孔那樣，十八世紀的各種面孔僅用禮數周全的小說或者花麗狐哨的各色瓷質人兒是無法囊括的，十八世紀在大不列顛出現了一種新型的基督教和基督教實踐活動，它像一棵小苗，從細小的根鬚相當快速地長成了一棵枝繁葉茂的頗具異域特色的大樹，如今每個人都知道這棵新苗叫作福音教異域傳教活動。天主教也有異域傳教活動，但天主教的傳教活動並沒有什麼新鮮和特別的地方，因為天主教的羅馬教廷從一開始就是作為世界帝國被創立的，而且也一再擺出一副世界帝國的派頭，這個帝國理所應當地視征服以及迫使各個民族皈依天主為他們的權利、義務和自然而然的工作。在各個時代，他們都在不遺餘力地做著這項工作，他們時而以愛爾蘭修士的神聖的、和藹可親的方式來布道，時而以查理大帝的粗暴孔武的方式來進行。而新教的各種團體和教會則通過截然相反的方式發展起來，新教本身與天主教萬能教會的根本不同之處在於，它們其實更多是國教性質的，這種教會中的每一位都服務於某個特定國族、種族和語言的基督教需求：胡斯服務波希米亞人，路德服務德國人，威克里夫服務英國人。

如果說這一發自英國的新教傳教運動其實跟新教教會的本質是相違背的，而且所追溯的是使徒式的原初基督教教義，那麼在其外在形式上卻並不缺乏緣由。自從偉大的地理大發現時代，人們在地球上已經發現和占領了各個地方，現今，科學上對遠方島嶼山脈之形態的興趣以及航海和獵奇等英雄行為都讓步於一種新興的現代精神，這種精神在發現的異域不再對激動人心的行動和經歷、不再對稀奇的動物、浪漫的棕櫚林感興趣，而是只對胡椒、糖、絲綢和裘皮，對稻米和西米，簡單地說，對一些能夠用來從事世界貿易賺錢的物品感興趣。在這方面，人們往往變得較為片面和狂熱，從而忘掉和傷害了在基督教的歐洲還通行的一些規則。人們像對待獵物一樣追逐、撂倒受到驚嚇的當地人，受過良好教育的歐洲人在美國、非洲和印度的所作所為簡直就像是一隻闖進了雞舍的黃鼠狼。即便人們不帶著一種特別的敏感性對這類事情進行觀察，也會覺得這些事做得太令人髮指，是在進行粗暴野蠻的搶劫，而傳教運動也同樣讓家鄉民眾羞愧、氣憤和憤慨，傳教活動建立在完全正確和良好的願望之上，原本希望那些可憐無助的異教徒和原始民族能從歐洲得到些火藥和燒酒之外的東西以及更好、更高等的東西，而家鄉民眾這些情緒的結果則是有序的、正派的殖民活動。

就算對異教徒的布道活動的本質、價值、意義和成就人們可以隨便評論，但是有一點是確定的，這個運動也與其他真正的宗教運動一樣，都源自純淨的內心和意志，那些高貴和並非不重要的人帶著忠誠的信仰和目的創立了這個運動，直至今日還有很多這樣的人為之服務。即便他們中並非所有的人都是英雄和智者，但他們中的一部分人卻是；如果有些人的行為舉止並不那麼光彩，那麼用這種不光彩抹殺整個傳教活動，是十分不應該的。

現在閒話少說！十九世紀的下半葉在英國不乏一些善良而殷實的人以實際行動贊同傳播基督教，並為傳道活動捐獻財產。但專職從事這種布道職業的協會和機構卻尚未出現，每個人都量其財產以自己的途徑來資助這個善意的事業。當年作為傳教士出發前往遙遠的國家的人，跟今天的傳教士可不一樣，他並不能像一個地址清晰明白的郵件那樣被越洋送達，而後迎接有序的、組織良好的工作。當年的傳教士只能滿懷對上帝的信任啟程，沒有人給他多少引導，他只能徑直地踏上生死未卜的冒險行程。

在十九世紀九〇年代，一位倫敦富商決定捐出一筆可觀的財產用於在印度傳播福音，這個富商的兄弟在印度發達致富了，卻未留下子嗣。人們請了強大的東印度公司的一名成員及數位教會人士作為顧問，隨即又制訂出具體的計畫，按照這個計畫，將選拔出三四名青年男子，給他們裝備上足夠的行李和足夠的盤纏，把他們送到印度去當傳教士。

這個項目公布後，立刻吸引了一群敢於冒險的青年男子，那些不得志的演員、被開除的剃頭店夥計覺得這個很有誘惑力的旅行在呼喚他們，但那個虔誠的選拔小組卻將目光從這群人身上移開，去找尋真正認真而有尊嚴的年輕人。私底下他們尤其要著手找的是年輕的神學家，但是英國的神職人員大部分並沒有在家鄉待到膩煩，或者並不那麼熱衷於冒險行為。找尋合適人員的工作就拖了下來，而捐資者開始慢慢地有些著急了。

這位捐資人的意願和實現這個意願的種種不順慢慢地傳開了，也傳到了蘭開夏郡的一個村子裡，傳到了那裡的一個牧師家庭。家庭主人與他的侄子羅伯特·阿吉翁一起生活，羅伯特輔助這位叔叔的牧靈工作。羅伯特·阿吉翁的父親是一位船長，他母親是一位虔誠而勤奮的蘇格蘭女子。他早年就失去了父親，對父親幾乎沒有什麼印象，這位叔父本人當年也愛上過他的母親，叔父將這位天資聰穎的少年送到學校讀書，並且按部就班地讓他準備好將來也成為神職人員。作為神職人員的候選人，他的成績很好，但他沒有任何財產，所以他現在能做的都做了，當時他作為助理牧師輔助他的叔父，也是他的恩人，但是在叔父的有生之年他是無望獲得牧師一職的。因為老阿吉翁牧師身體健康、精神矍鑠，還不到六十歲，所以這位侄子的未來並不那麼看好。作為一個貧窮的、一直到中年以前都無望取得自己的職位和收入的年輕人，對年輕的姑娘們來說，他肯定不那麼搶手，至少對那些值得尊敬的姑娘來說是這樣，並且他從來也不和那些不值得尊敬的姑娘來往。

所以無論是他的心緒還是他的命運都烏雲密布，但是這些飄浮在他的善良本質上的烏雲其實更像一些重要的裝飾，而不是些危險的敵人。雖然他弄不明白，為什麼偏偏他這位上過大學、浸淫在心靈上的健康而感情細膩的人在愛情婚姻方面竟然比不上那些年輕的農民、織工和紡毛工。

他陪伴著那些即將舉行莊嚴婚禮的新人前往村裡教堂的那台既小又舊的管風琴前面時，心裡多少有些不滿足和嫉妒。但他那簡樸的天性教導他，將那些不可能的事情從他的思想中給排擠出去，且要牢牢把握住目前依照他的境況和他的能力所能夠得到的東西，而這些東西其實也不少。作為一個內心深處充滿虔誠的母親的兒子，他有一個樸素的、有擔當的基督徒的感知，認定自己是布道者這一堅定的信仰使他很快樂。

他真正的心靈上的滿足來源於對大自然的觀察，他有一雙細致的眼睛。而他對當時在他的國家裡迅猛發展的那些大膽的、具有革命性和建構性的自然科學卻一無所知。作為一個謙遜的、新鮮的年輕人，而不帶有任何哲學需求，他用自己那雙勤勞的雙手和伶俐的雙眼在自然中得到完全的滿足，他觀察、識別、採集並研究著他所能及的自然事物。還是個小小少年時，他就培植花木、採集植物，有一陣子還專心地收集石塊和化石，而在收集這些石塊的過程中，他崇敬大自然的美麗形態。近來他在鄉村居住，喜歡上了色彩斑斕的昆蟲世界，最喜歡的是蝴蝶，蝴蝶從蛹變成蝶使他驚奇不已，蝴蝶翅膀上的圖案與柔和而飽滿的色彩給他帶來最純粹的美妙感受，就像那些天資普通的人在天性知足的童年才能感受到的那樣。

這位年輕的神學家的天性大約如此。不久後他首先聽到了那個資助的訊息的呼喚，他覺得在內心最深處有一種強烈的渴望就像指南針一樣指向了印度。他的母親在幾年前辭世了，而他又沒有跟任何一個姑娘訂婚，甚至私下都不曾對任何姑娘有過任何許諾，雖然他叔父反對，苦苦地懇求他不要去，但叔父究竟還是一位正派的牧師，對他的牧師職位和他的小莊園來說，他侄子並非不可缺少。他寫了信到倫敦，不久收到一封鼓勵的回信，還有前往首都的旅費。他向依舊在生氣而且嚴詞警告的叔父告別後，帶上一小箱子書籍和一包衣服就啟程前往倫敦了。他不能把收藏的花花草草、各種石塊以及幾只盛蝴蝶的小箱子都給帶上，這點讓他覺得有些遺憾。

在陰暗而喧騰的倫敦老城區，這位印度之行的候選者肅然而忐忑地踏入了那位虔誠商人高大肅靜的房子，幽暗通道裡一幅東半球的地圖和第一間屋子裡的一張巨大的花斑虎皮將他的未來在他眼前展開。他惴惴不安，有些慌亂地讓這家彬彬有禮的僕人把他帶到一間屋子裡面，房子的主人在那裡等他。主人是一位高大、嚴肅，臉刮得乾乾淨淨的上了歲數的男子，長著一雙冰藍色的銳利眼睛，表情嚴肅，他跟這位拘謹靦腆的申請者聊了幾句之後，有些喜歡上了這個年輕人，他請他坐下，在信任和善意中完成對這個年輕人的考察。隨後這位先生讓年輕人把他的各種證書和書面的簡歷交給他，又搖鈴讓一個僕人來到眼前，僕人接受了他簡短的指令之後，默契地把這位年輕的神學家帶到旁邊的一間客房裡。一會兒，另外一個僕人端著茶、葡萄酒、火腿、奶油和麵包出現了，留下年輕人獨自與這些食物在屋子裡。年輕人用這些食物解決了自己的饑渴，然後他安靜地坐在鋪著天鵝絨的靠背椅上，想著他自己目前的狀況，隨意用眼光打量著這間屋子，他四處望著。兩個來自遠方炎熱國度的物件立刻映入眼簾，一個是在壁爐邊上角落裡立著一隻填充起來的紅棕色猴子，在他的頭頂上絲質的藍色壁紙下吊著一條巨大的經過鞣製的蟒蛇皮，牠的頭部已經沒有了眼睛，鬆垮地垂下。他很珍愛這些東西，立刻走近端詳、感受。他想像著一條活著的巨蟒是什麼樣子，他在想像中把銀光閃閃的巨蟒皮折彎，就像是一根管子似的，想像中的活蟒讓他覺得有些可怖和悚然，但看到這些稀奇之物，他對那個神祕的、充滿奇跡的遠方的興趣還是被撩撥起來了。他想著不被蛇和猴子嚇退，而是恣意地在想像中描畫著在這樣一塊充滿福祉的土地上，那些童話般的鮮花、樹木、鳥兒和蝴蝶該長成什麼樣子。

時間慢慢地到了晚上，一個僕人默默地端進一盞點燃的燈。高大的朝向後院的窗戶外面已經起了霧。這幢豪華的房子十分寂靜，遠處傳來大城市的些許喧嘩聲，清冷的房間天花板很高，他覺得自己就像是被關在這個房間裡面一樣，閒著無事可做，他對自己的未來茫然無知，倫敦的秋夜越來越黑，這一切都使這個年輕人的靈魂從剛才充滿希望的高度漸漸地跌落下來，他在椅子上傾聽著，等待著度過了兩個小時的時間，覺得今天大概不會有消息了，他突然覺得很累，躺在客房裡面舒適的大床上，很快地入睡了。

夜裡，一個僕人叫醒了他，給他帶來一個消息，大家在等著這個年輕人吃晚飯呢，他最好趕緊過去。阿吉翁半睡半醒地穿好衣服，直楞楞地跟在這個僕人後面，穿過房間和走道，走下樓梯，一直走到一間寬敞的、用冠狀吊燈照得通明的餐廳，家裡的女主人身著天鵝絨的晚禮服，透過夾鼻鏡打量著他，房主人介紹他認識了另外兩個神職人員，他們在用晚膳期間要對這個年輕的兄弟進行嚴苛的考察，尤其要試著了解他的基督教信念是否真正發自內心。這個還沒睡醒的神職輔助人員在半睡半醒中努力地去聽懂所有的問題，並盡可能去回答。他的靦腆拘謹跟他這個人很相稱，那些對其他類型的申請者已經習以為常的神職人員馬上都對他產生了好感。用過膳後，大家到了旁邊的屋子裡面打開一張地圖，阿吉翁還是第一次見到了他將去宣講上帝之言的區域，在印度地圖上那個地方就是在孟買城南邊的一塊黃色的區域。

第二天，他被帶到一位年長的、令人尊敬的長者面前，他是房主人的最高宗教事務顧問，近幾年來因為患痛風病而足不出戶，總是在書房裡面待著。這位老人馬上受到這個純良的年輕人的吸引。他沒有問他任何有關信仰的問題，但他很快就對羅伯特的感知和本質有了判斷，因為他沒在這個年輕人身上看出多少神職人員的活動熱情，他對他感到些許歉意，他生動地栩栩如生地向他講述他航海路途的艱難，南部地區的種種危險。因為他覺得，如果這個年輕人不是因為具備特別的天賦和熱愛而被派去從事這樣的工作，那麼把這樣一個朝氣蓬勃的年輕人弄到外面去犧牲掉、毀滅掉，那實在是毫無意義的。他親切地將手輕輕地放在年輕人的肩膀上，用十分親切的目光緊緊地盯著他，說道：「您跟我說的一切可能都是對的，也很不錯，但是我還一直沒弄清楚，究竟是什麼真正吸引你去印度。親愛的朋友，您就坦率地說吧，不帶任何保留地告訴我：是某種世俗的願望和動力驅使您，或者只是內心的願望，將福音帶給可憐的異教徒？」聽了這些話，羅伯特．阿吉翁的臉都紅了，就像一個騙子被人給揭穿了一樣。他垂下眼簾，沉默了一會兒，然後他大膽地承認，他雖然具有真正虔誠的意願，但若不是他有強烈的願望，想去看看熱帶國度美妙而罕見的動植物，尤其是那些美麗的蝴蝶吸引著他，他肯定不會想到報名去印度當傳教士。老人很明白地認識到，這個年輕人把心裡最隱密的東西都告訴他了，再沒有什麼可坦白的了。他微笑著向他點點頭，和藹地說：「好啦，您自己要去擺平您的這個小嗜好。您應該去印度，親愛的年輕人！」他變得十分嚴肅，將兩手放在他的頭髮上，莊嚴地用《聖經》的祝福詞語來祝福他。

三個星期以後，這個年輕的傳教士帶著木箱和行李，成了一艘美麗的帆船的乘客離開了。他看著故國沉入灰色的地平線，船尚未抵達西班牙，他就知道了大海的脾氣和種種危險。在那個時代，任何去印度的人不可能像今天這樣那麼稚嫩而未經歷考驗就安全到達目的地，現在的人可以舒舒服服地登上一艘汽輪，穿過蘇伊士運河，而不必繞過非洲好望角，在船上懶洋洋地好吃好喝好睡，在很短的時間之後，充滿驚異地看到印度的海岸。而當年去印度，要乘帆船花費數月時間艱難地繞行廣袤的非洲大陸，時而受狂風巨浪的威脅，時而因風平浪靜致帆船停止不前，時而汗水淋漓，時而凍得哆嗦，忍饑挨餓、無法安眠。誰勝利地經過這種旅行的考驗，那麼他早就脫胎換骨，不再是媽媽的乖兒子了，也不是尚未經世的嫩後生，而是一個已經學會了多少能夠靠自己的雙腿站立，能夠自助的男人了。傳教士也經受了這一切。在英國和印度之間的路途上，他花費了一百五十六天時間，在港口城市孟買登陸時，他已經是一個皮膚曬成棕色、精瘦的航海水手了。

在途中，他並沒有丟失他的快樂和好奇心，雖然這好奇心變得安靜了許多，如果說他在旅途上帶著研究者的感覺踏上海灘，以敬畏的好奇觀察著每一個長滿椰樹的島嶼和珊瑚島，那麼他帶著求知欲更強的、充滿感恩的雙眼踏上這片印度的土地，他以堅定的勇氣步入這座熠熠生輝的城市。

他先找到了人們向他推薦的那所房子。房子坐落在近郊一條靜謐的巷子裡，掩映在高大的椰子樹中，敞開著窗戶，搖曳著寬大的樹葉，注視著這個欣喜的來訪者，就像願望中的印度家鄉那樣。在踏入庭院時，他的目光掠過門前的一個小花園，雖然他眼下還有更加重要的事情去做，去觀察，他還是馬上發現一叢長著濃密葉子的深色灌木叢，開著碩大的金黃色花朵，一群輕盈的白色蝴蝶圍著花枝輕舞。這幅畫面還留在他的被晃得有些睜不開的眼裡，他就已經踏上幾級平緩的台階，走入寬大走廊的影子中了，接著步入敞開的大門。一個身著白衣，裸露著黑棕色雙腿，正在侍奉的印度人從冰涼的紅磚地板跑過來，對著他恭恭敬敬地鞠了一躬，以一種唱歌似的調子對他用鼻音說了幾句印度斯坦話，但隨即察覺，這個陌生人根本沒聽懂，他於是又重新不停鞠躬，以一種蛇似的俯首聽命的姿態將他引進房子裡來，引到一扇門前，門上沒有門板，只垂著一席竹簾。就在這個時候，簾子從裡面被拉到一邊，一個高大、消瘦、一臉主子神態、身著白色熱帶服裝、赤腳蹬著草涼鞋的男人出現了。他用一連串聽不懂的印度話斥責著僕人，僕人低聲下氣地受罵，沿著牆腳一溜煙地跑掉了，而後他才轉向阿吉翁，用英語讓他進來。

傳教士首先致歉，因為他不請自來，並且替那個可憐的僕人辯解，僕人並沒有做錯什麼。但那個男子不耐煩地揮揮手打斷他，說道：「您不久就會知道這些僕人有多麼刁鑽了。進來吧！我在恭候您。」

「您大概就是布拉德利先生？」阿吉翁開心地問道，但他在踏入這幢異域房子的第一步，見到這位建議者、這位引導者、這位夥伴的第一眼時，內心就不由自主地升起一種陌生感和冷漠。

「我是布拉德利。當然，您大概就是阿吉翁。好了，阿吉翁，您倒是進來啊！您吃午飯了嗎？」

這個骨骼粗大的男人以一個有經驗的海外僑民、貿易公司的代理商所特有的理所應當的麻利勁兒，用他那雙棕色的、汗毛濃密的手抓住了他的客人的簡歷。他讓人給客人端上午餐，大米飯、羊肉和很辣的咖哩胡椒。他指給他一個房間，帶他看整幢房子，接過他的信和幾份訂單，回答了他最先問的幾個好奇的問題，告訴他幾條最重要的在印度的生活規則。他讓四個棕色皮膚的印度僕人忙個不停，他發號施令，嘴裡罵罵咧咧的，他的憤怒的聲音在整幢房子迴蕩，他還叫來一個印度裁縫，讓他馬上為阿吉翁縫製十幾件當地常穿的衣服。這個新來者滿是謝意並且有些被鎮住地接受了為他安排的一切。其實如果讓他悄悄而莊嚴地來到印度，先讓他對這裡熟悉一些，並且在友好的聊天中將自己的第一印象以及許多強烈的旅行記憶釋放一下，或許會更合他的意一些。

他在長達半年的旅行中學會了低調待人，而且能夠快速地適應各種境況。傍晚時，布拉德利先生走了，到城裡去處理他的商務，這個福音教派的年輕人才輕快地舒了口氣，想獨自一人從容地慶賀他的平安抵達，並向印度這個國度致意。

他匆匆地收拾了一下，若有所思地離開了他的那個四面通風的房間，這間房沒有門窗，四面牆上都有寬大的通風口。他走到外面，金髮上戴的是一頂有長長遮陽飄帶的寬邊草帽，手裡拿著一根文明棍。在步入花園的第一步，他就深深地吸了一口氣，用感知器官去攝入傳說中異國國度的空氣和香氣、各種光線和色彩，他將以一個小小的雇員身分來幫助征服這片土地，在這麼長久的等待和焦急的期盼之後，他打算將自己全心全意地奉獻給這塊土地。

他四下所見所感，都令他歡喜不已。他覺得這一切就像是對他的許許多多的夢想和預感的千萬遍卓越的證實。高大茂密的灌木叢立在烈日中，圓潤多汁，炫耀著碩大而色彩奇異強烈的花朵；如柱子般光滑的樹幹上，在令人驚訝的高度上是椰子樹的圓形樹冠，在房子的後面是一棵蒲葵，蒲葵那特別規則而均勻分布的、如輪子般大的葉子由一人長的葉柄托著僵直地指向空中，他那雙熱愛自然的眼睛在路邊發現了一個小小的活動著的生物，他悄悄地走近牠。那是一隻小小的綠色蜥蜴，長著三角腦袋和兇狠的小眼睛。他彎下腰觀察，幸福得就像一個小男孩，因為他可以看到這樣的東西，他現在可以從真正的源頭來觀察無窮豐富的大自然。

一陣奇特的音樂將他從沉思中喚醒。從凌亂樹叢和花園組成的綠意深處，一陣鑼鼓節奏和吹奏樂器發出的嘹亮聲音打破了婆娑的寧靜，這位虔誠的自然之友驚訝地側耳傾聽，因為什麼也看不見，他就走向這蠻族節慶的鼓樂聲傳來之處去探個究竟。他一直循著樂聲走，走出花園，園門敞開著，他順著兩邊長滿草的車道走，穿過一片人工種植的家庭花園，棕櫚樹叢和歡笑中的淺綠色的稻田，時而從一片空地、時而從花園的籬笆牆前拐彎，一直來到鄉村小巷上，小巷的兩側是印度人的茅草屋。矮小的草屋是由泥磚或者只是由竹竿蓋成的，屋頂只覆上一些乾棕櫚葉，所有敞開的屋門後都站著或蹲著一家子棕色的印度人。他很好奇地打量著這些人，這是他第一次見到異國的原始民族的鄉村貧困生活，從這第一眼開始，他就喜歡上了這些棕色皮膚的人，他們那孩童般的眼睛就像是在無知覺的、無法排除的動物般的悲傷中注視著世界。美麗的女人從長長的、深黑色的大粗辮子後面望出來，安安靜靜的，小鹿一般。她們臉部的正中間，手腕腳腕上都戴著金飾品，腳趾上戴著戒指。小孩子們赤身露體地站在那裡，全身除了戴著穿在細篾條上的銀製或角製的辟邪物件，什麼也沒有穿。

他沒有停下來，這並不是因為他覺得那些人中的大多數好奇地直楞楞地看著他讓他覺得壓抑，而是因為他暗自為自己的窺視欲感到不好意思。美妙的樂聲還一直傳來，而就在附近，又轉過一條小巷之後，他找到了他想找的東西。他的眼前佇立著一座極其獨特的建築，建築的形態極盡夢幻色彩而高度令人恐慌，一個巨大的門開在中間，他吃驚地把目光從下往上移，發現這個建築物很大的一塊平面是由石雕的神話中的動物、人、神和鬼組成的，上百個石雕形象一直堆積到寺院的遠處尖聳的頂端，形成一座森林，一個軀體、肢幹和頭部編織而成的繁複雕塑。這個可怖的大塊石雕，是一座巨大的印度寺廟，在傍晚斜陽的照耀之下發出耀眼的光芒，它在明白地告訴這個看得目瞪口呆的年輕人，這些動物般溫和、半裸的人根本就不是天堂裡面的原始民族，他們幾千年以來一直具有思想、神祇、形象和宗教。

震耳的鼓樂聲剛剛停下，從寺院裡面走出了許多虔誠的印度人，身穿白色和其他各種顏色的寬大衣袍，一小群步態莊重的婆羅門高貴地走在最前面，與眾人分開，沉浸在千年來僵化的學識和尊嚴形成的高傲中。他們從這位白人面前高傲地走過，就像是貴族從一個學手藝的夥計前走過那樣，他們看起來絲毫沒有任何意願，要從這位遠道而來的外國人那裡接受關於神或人的任何東西的正確教導。

這一群人走散之後，這塊地方安靜了下來，羅伯特·阿吉翁走近寺院，開始有些尷尬地打量著寺院牆上的雕塑作品，但很快因有些沮喪而且受到驚嚇地放棄了，因為這些畫面中間有很多儘管不可理喻的醜陋，但看來還是很有價值的藝術家傑作，但作品荒誕的譬喻語言與一些看過去不知羞恥的淫蕩場景同樣都讓他感到困惑和害怕，他天真地在神祇堆裡發現這樣的畫面。

他轉過身，尋找往回走的路，寺院和小巷突然消失了；一道短暫抖動的色彩變化劃過天空，南方的夜幕飛快地降臨。天迅速地黑了下來，年輕的傳教士雖然早就知道天會黑下來，但是他還是感到了輕微的震撼。天色暗下來的同時，所有的樹木和灌木中，成千的大型昆蟲開始了響亮的歌唱和嘈雜，從遠處傳來了一聲動物的怒吼，聲音陌生而野性。阿吉翁急急忙忙地尋找歸路，幸運的是他很快找到了回去的路，他還沒來得及走完這段短短的路，這片土地就沉入深深的夜色，高聳的天空上滿是星辰。

他在沉思中漫不經心地來到住處，走進明亮的房子，布拉德利先生在房子裡迎接他，說道：「噢，您在這裡。首先要注意您別這麼晚出去，這裡並不是沒有危險的。還有，您懂得怎麼用槍嗎？」

「用槍？不，我沒學過。」

「那您馬上要學會……您今天晚上去哪裡了？」

阿吉翁充滿激情地開始講述。他著急地問，那個寺院是屬於什麼宗教的，在裡面敬奉的是什麼神或者仙人，那些石雕人物有什麼意義，還有那些很奇特的音樂，那些穿白衣的美男子是不是祭司，他們的神有什麼名稱。但他這時候經歷了他的第一個失望。他問的一切問題，他的建議者一點都不想知道。他說，不會有人了解那些可憎的混亂和對鬼神的祭拜是怎麼回事，婆羅門不過是些不吉祥的從事剝削的懶惰匪徒，而且所有這些印度人不過是些由乞丐和流浪漢組成的一群豬，一個正派的英國人根本就不應該跟他們打交道。

「但是，」阿吉翁怯生生地說，「我的任務恰恰在於，把這些混亂的人帶到正途上去！而要做到這一點，我得先認識他們，愛他們，了解他們的一切……」

「您很快對他們的了解會比您自己所希望了解的要多得多。當然，您必須要學印度斯坦話，以後可能還要學些其他的這些噁心的黑人語言。但是跟他們打交道，用愛是無濟於事的。」

「哦，可這裡的人看起來都很友善！」

「您覺得？好吧，您有得瞧了。我不了解您打算對那些印度人進行的工作，所以不想對此進行評論。我們的任務是，逐漸讓這些沒有上帝的東西多少知道什麼是文化，並且對『正派』這個字眼好歹有點概念，別的我們就不能指望太多了！」

「先生！我們的道德，或者您所說的正派，就是基督的道德！」

「您想說的是愛。好吧，您如果對一個印度人說一次您愛他，那麼他今天就會向您乞討，明天就會從您的臥室中偷走您的襯衫！」

「有可能這樣嗎？」

「這是肯定的，親愛的先生。在一定程度上，您在和一群沒有心智的人打交道，他們對誠實和權利根本就不了解。您不是跟英國學校裡本性善良的孩子們打交道，而是跟一個全是狡詐的棕色詐騙犯的民族打交道，每件下流的事情對他們來說都是最大的樂趣。您會記住我的話的！」

阿吉翁難過地放棄了接著問其他問題的想法，他打算先勤奮而服從地學會在這裡所需要學的一切，然後再去做他認為正確和聰明的事情。但無論這位嚴厲的布拉德利先生說的是對是錯，在看到了那個巨大的寺院以及那些拒人千里的驕傲的婆羅門後，他覺得他的計畫和他的工作在這片國土上開展起來會非常困難，困難程度遠遠超過他自己先前的想像。

第二天一早，裝著傳教士從家鄉帶來的私人物品的那幾只箱子送到了。他很仔細地把東西拿出來，把襯衫和襯衫、書籍與書籍放在一起，對一些東西若有所思起來。他手裡拿著一幅鑲著黑框的銅版畫，框上的玻璃在路上碎掉了，這是《魯濱遜漂流記》的作者笛福的一幅畫像，還有一本他自很小的時候起就非常熟悉的他母親留下的祈禱書，再來就是一張指向未來的路標——一張他叔父送給他的印度地圖，還有兩個捕捉蝴蝶用的鋼製網兜架，他自己特別在倫敦請人定製的。他將其中一個網兜架放在一旁以備過幾天用。

到了晚上，他把各類東西都分放好，堆積好了，那幅小小的銅版畫就掛在他的床頭上，他把整間屋子收拾得乾淨整潔。人們建議他，把桌子和床的四隻腿都放在盛上水的碟子裡，這樣可以避免蚊子的侵擾。布拉德利先生一整天都在外忙業務，而這個年輕人被一個恭恭敬敬的僕人引去用餐，而且在用餐時由他伺候著，卻不能跟僕人說一句話，這讓他覺得很古怪。

接下來的早上，阿吉翁開始工作。長相英俊、眼睛烏黑的年輕人維亞登亞出現在他的面前，布拉德利向他作了介紹，這個印度人是教他印度斯坦話的老師。微笑著的年輕印度人英語並不差，而且舉止十分得體。當毫無偏見的英國人將手伸給他要跟他握手時，他受了驚嚇，趕忙收回手。而且此後他一直避免與白人有任何身體上的接觸，因為據說這有可能會玷汙他人，因為白人屬於更高的種姓。而且他從來也不願意在英國人坐過的椅子上就座，而是每天自己都帶一卷漂亮的竹席來，在磚地上把席子鋪開，然後交叉著雙腿在席子上高貴而筆直地坐著。他對自己勤奮好學的學生大概是很滿意的，而這個學生也試著向他學習這種席地而坐的技巧，在上課時也總是蹲在地面上一張相似的竹席上，儘管沒蹲多久就難免覺得四肢酸疼，直到他習慣了才適應。他勤奮而又耐心地一個字一個字地學習，從日常見面時的問候語開始學，這個年輕老師總是不厭其煩地微笑著耐心地一遍又一遍地示範地讀著，他每天都帶著新的勇氣一頭栽進去，跟印度語稀奇古怪的發音作鬥爭，開始時在他看來這些模糊的哼哼音根本就不可能清晰地發出來，而現在他已經能夠區分這些音並且學著模仿發出來了。

印度斯坦語這種語言那麼古怪，但早上跟著這位禮貌的年輕老師學語言的時光還是過得飛快。這位老師的舉止就像一位王子，因為一時陷入困境而不得不在一個平民家裡授課。下午和晚上的時光就顯得十分漫長，足以讓這位積極上進的阿吉翁先生長足地感受到孤獨的滋味。他與房東的關係很難描述，這個房東對他而言半是施惠者，半是上司，他經常不在家。他通常在中午的時候步行或者騎馬從城裡回來，作為房主人在家裡用午餐，有時他也帶一名英國的書記員回來，午飯後在寬闊的長廊上吸菸、午休兩三個小時，天近黃昏時再前往他的辦事處或庫房。有時他外出好幾天，去購買產品，這個新來的房客就是盡最大的努力也沒法跟這個粗魯而寡言的生意人交上朋友。在布拉德利的生活中，也有一些東西讓傳教士不喜歡。比方有時候，布拉德利下班後跟那個書記員一起不停地灌著萊姆酒和汽水，直至酩酊大醉；一開始，他也一再請這個傳教士跟他們一起喝，而他總是客客氣氣地婉言回絕。

在這種情況下，阿吉翁的日常生活並不那麼逍遙。他試著使用他剛剛學的隻言片語，在無聊的下午，這幢木房子被火辣辣的炎熱占據了，他來到廚房的僕人中間，試著跟這些人聊天。那個信奉穆罕默德的廚師並不搭理他，高傲得很，就像是根本沒看見他似的，而送水的和房中跑腿的僕人，他們在席子上蹲幾個小時，嚼著檳榔，看著主人費勁地磕磕巴巴地學說話來取樂。一天布拉德利突然出現在廚房門口，這兩個二流子正因為傳教士的幾個錯誤、弄混了幾個詞，開心地拍著消瘦的大腿哈哈大笑。布拉德利咬牙切齒地看著他們開心，飛快地賞了那個跑腿男孩一耳光，狠狠地踹了送水的一腳，扯著驚呆了的阿吉翁，一言不發地走了。到了他的房間裡，他有些生氣地說：「我還要跟您說多少次，別跟這些人湊在一塊！您毀掉我的僕從，當然是以最善良的意願來毀掉，一個英國人被這些棕色的惡棍看成小丑，這是不可接受的事情！」

他接著又走了，受傷的阿吉翁還來不及為自己辯解一句。

只有到了星期天，這位孤獨的傳教士才有機會跟其他人打交道。他在星期天總是去教堂，替那些不怎麼樂意工作的牧師去布道。在家鄉，他在農民和羊毛紡織工面前用愛去布道，而到了這裡，在一群由富商、疲憊而病懨懨的女士和年輕而好動的職員組成的信眾群體面前，他覺得自己很陌生而且冷靜。這些人剝削了這塊富饒的土地，從他們那裡聽不到一句對當地土著的好話，這些人身上冰冷的商人特性和頤指氣使的冒險家舉止令他痛心，漸漸地改變了他的觀念，因而他總是為印度人說話，總是提及歐洲人對於當地民族應當盡的義務。很快，他就使自己變得很可笑而不受歡迎，人們將他作為一位胡思亂想家和幼稚青年來輕視。

有時他想到自己的境況，情緒會十分低下，甚至覺得自己簡直可憐，但是總有一件事情能給他的心緒以很大的安慰，而且從來沒有失效過。這種時候，他就做好準備去遠足，他掛上採集植物的盒子，手上拿著網兜，用一個細長的竹竿的一端固定住網兜。他恰恰喜歡大多數英國人都在抱怨的灼熱陽光和印度天氣，他覺得陽光真美妙，因為他總是保持身心的清新與健康，不讓自己疲乏。對他的自然研究和各種愛好而言，這個國家簡直就是一個無從估測的沃土，每走一步都有不認識的樹木、花朵、鳥類、昆蟲讓他駐足，讓他下決心要花時間去知道它們所有的名稱。奇特的蜥蜴和蠍子，巨大的肥碩的蜈蚣，還有其他奇形怪狀的動物不再令他嚇一大跳，自從他勇敢地用一只木桶在自己的浴室裡打死了一條粗肥的蛇，他覺得自己對可怕的動物危險的恐懼和擔心逐漸消失了。

他第一次用網兜扣向一隻美麗的大蝴蝶，他看到扣住了蝴蝶，小心翼翼地將這隻光芒四射的小動物拿到近前端詳著，蝴蝶寬闊而健壯的翅膀閃爍著大理石般潤澤的光芒，上面一層薄薄的若有若無的色彩，這時他的心裡被一種不可遏制的快樂所占據，自從他還是個小男孩，經過長時間的氣喘吁吁的追逐終於抓到了他的第一隻燕尾蝴蝶以來，他再也沒有感到這樣快樂過。他高高興興地去適應熱帶叢林的種種不適，當他在蠻荒的原始森林裡陷入泥淖，受到狂叫的猴群的嘲弄，被激怒的螞蟻群攻擊時，他也毫不退卻。只有一次他顫抖地跪在一棵巨大的橡膠樹後面祈禱著，附近一群大象以暴風雨和地震的聲響從茂密的叢林中走出來。他也習慣了在他的四面通風的臥室裡，一大早被附近林中急促的猿猴叫聲給吵醒，而在夜晚聽見狼的哭嚎聲。他的眼睛閃著光，機警地在他那張變得消瘦、曬成棕色而顯得更加男性的臉上轉動著。

他喜歡在城市裡，更喜歡在花園似的安寧的外國村莊裡隨便走走看看，他看到的印度人越多，也就越是喜歡他們。讓他覺得不自在，而且極為難堪的只是當地社會下層的習俗：他們的婦女光著上身隨處跑，小巷裡面到處可以見到裸露的女人脖子、胳膊和胸部，傳教士對此非常不適應，雖然說這些看起來很漂亮，而且裸露之處曬烤成古銅色的皮膚和這些貧窮的女人特有的無拘無束，更增加了表面上的這種自然性。

除了當地習俗的這個不雅之處外，再沒有什麼比當地人在他面前展現的精神生活更讓他費時間和精力去琢磨了。他的目光所及，無處不體現著宗教。就是在倫敦最重要的宗教節慶日人們感受到的虔誠也肯定不會比在這裡日常生活中的每天和每一個小巷裡面所感受到的多。隨處都可見到寺院和神像、祈禱和祭神、儀式和遊行、懺悔者和祭司。但是在這種亂糟糟的各種宗教和神中如何找到方向呢？這裡有婆羅門教徒、穆罕默德教徒、拜火教徒、佛教徒、濕婆和黑天神的信徒、纏頭巾者和剃光頭的信徒、拜蛇者和聖龜信徒。那位所有這些迷亂之人所信奉的神在哪裡？他看起來什麼樣子？在所有的崇拜中究竟哪一個是更古老、更神聖、更純粹的？這沒有人知道，尤其是對印度人而言，這一切都沒什麼區別。誰從他父親的信仰中得不到滿足，就作為懺悔者投奔到另外一個信仰去，去找到另外一個宗教或者乾脆自己創造一個。

人們用各種小碗盛著各種菜肴來供奉那些無人知其名的神和靈怪，成百個事神活動，寺院和祭司人員全都平安無事地相處，從來沒有哪個信仰的信徒會想到去恨或直接殺了那些信奉別的信仰的人，而在家鄉基督教國家的人們則常常這樣做。這些宗教的東西令人賞心悅目，愛不釋手：笛子音樂和溫和的鮮花獻祭，人們虔誠的臉上平和且安靜，而快樂的光芒在英國人的臉上是看不見的。他覺得印度人所嚴格秉持的不殺生的戒律是美好而神聖的，他時而也有些羞慚，因為他毫無憐憫之心地殺掉過幾隻美麗的蝴蝶和甲殼蟲，並且把牠們用大頭針給釘住。

但另外一方面，正是在這個把每隻蟲子都視為神的創造物、以蟲子為神聖的民族中，在這個進行最心誠的禱告和進行寺院事神的民族中，仍然存在著偷盜和欺騙，存在著偽證和背叛這一類司空見慣的事情，人們對此既不憤慨也不覺得奇怪。這位滿懷善意的傳教士越去思考，他就越是覺得這個民族成為一個他看不透的謎，這個謎嘲弄著所有的邏輯和理論。

儘管布拉德利禁止他跟僕人來往，他在不久後還是跟那個僕人開始說上話了，而且那人看起來跟傳教士簡直就是心心相印，但沒過多久就偷了一件他的棉布襯衫，當傳教士後來和和氣氣地嚴肅地跟他談這件事情時，他先是賭咒發誓說他沒偷，然後又赧然地微笑著承認了，把那件襯衫拿出來給他看，而且推心置腹地告訴他一個祕密：襯衫上有個小洞，他覺得，主人肯定不願意再穿這件衣服了。

還有一次那個送水工也讓他驚訝不已。這個送水工是通過每天負責從蓄水池取水供廚房和浴室使用以獲得報酬和食物的。他每天都在一大早和晚上去取水，一整個白天他都蹲在廚房裡或是待在佣人屋中嚼檳榔或是啃甘蔗。一天，阿吉翁因為他穿過的一條褲子在外出散步時沾上了不少草籽，因為其他的僕人都外出了，就把褲子交給送水工並且要他去刷洗乾淨。這人只是笑著，把雙手背在後面，傳教士有些不高興了，嚴厲地命令他，馬上去做這項工作，他才遵循命令，但是一邊做一邊在嘟嘟囔囔，一邊還在流著眼淚，做完後就在廚房裡面憤憤不平地待著，就像個絕望的人那樣又罵又跳了一個鐘頭。阿吉翁費了很大的工夫，克服了種種誤解，最後才弄明白，他一不小心極大地侮辱了這個人，因為他讓他去做了並非他分內的工作。

所有的這些小小的不快越來越多地堆積起來，漸漸地形成了一堵玻璃牆，將傳教士和他周圍的人隔開，讓他日益陷入難堪的孤獨之中。因而他就益發全力投入語言學習，帶著某種絕望去學。他進步很快，他希望通過語言能夠找到打開這個陌生的民族的鑰匙。現在他越來越敢於在街上跟當地人搭腔，不帶翻譯去裁縫師、雜貨商和鞋匠那裡。有時候他也能跟當地的普通人聊天，比方說親切友好地細看著工匠的手藝，細細地端詳著媽媽們懷抱著的嬰兒，並誇讚著。他從這些異教徒的言語和目光中，尤其是從他們友好、善意、孩童般的快樂的笑聲中，清晰地感受到一個陌生民族的靈魂，如兄弟一般，在一瞬間所有的樊籬煙消雲散，陌生感不復存在。

終於，他覺得認識到了一點，他總能夠接近鄉下的孩童和普通人，而城裡人的所有困難、所有不信任和墮落，都來自與歐洲海員和商人的接觸。從這時開始，他就常常騎著馬，深入到鄉村去，去越來越遠的地方。他在衣兜裡總給孩子們帶上一些銅錢和糖塊，他到了坐落在起伏丘陵的村落，在農戶的土屋前的椰子樹下拴好馬，或者步入一間以蘆葦為屋頂的草屋向屋主問好，並討口水或椰汁喝，每次都會在友好和善的氣氛中結識本地人，跟他們聊天，聊天時男男女女和孩子們會因為他結結巴巴的語言在驚訝之餘開懷大笑，他倒是樂意見到這樣。

他現在還尚未嘗試借機去跟那些當地人講解親愛的上帝。因為他覺得這未免有些太操之過急，而且有些棘手，甚至幾乎是不可能的，因為《聖經》信仰中的許多常見的表達，他在印度語言中完全找不到相對應的。此外，在他真正地了解印度人的生活，並且有能力在一定程度上與印度人一樣生活和交流之前，他覺得沒有權力去把自己升格為這些人的老師，從而去要求他們對自己的生活做出重大的改變。

因此，他的研究更加深入。他設法去了解當地人的生活、工作和營生，他讓他們給他看樹木、果實、家畜和器具，並告訴他這些東西的名稱。他一步一步地研究水稻和旱稻的祕密，獲取樹皮纖維和棉花的技巧，他觀察民屋的建造和製罐技藝、草編技巧、織造工藝。在家鄉，他也多少知道一些這方面的工作。他觀察農人利用紅色的水牛在泥濘的水稻田裡翻耕，他了解了經馴化的大象的工作，也看到馴服的猴子為主人爬到高高的椰子樹上去摘取成熟的椰子果實。

一次出遊的時候，在兩側是碧綠青山的寧靜山谷中突遇一場暴雨，他只好到最近的一戶人家的茅草屋裡面去避雨。他見到在用竹片和泥巴糊成的四面牆裡聚著一家幾口人，他們拘謹中帶著驚訝地向走入屋裡的陌生人問好。家中的母親用散沫花把白髮染紅，她微笑著歡迎客人的時候，露出一嘴紅色的牙齒來，這表明，她非常喜愛嚼檳榔。她的男人是個個頭高大、目光嚴肅的人，披著一頭長髮，頭髮還是黑色的。他從地上起立，做出一副國王般的筆直姿態，跟客人互致問候，並且遞給他一顆剛剛打開的椰子，英國人喝了一口甘甜的椰汁。在他剛剛進門時，躲到爐灶後面的角落裡去的一個小男孩，現在從濃密閃亮的黑髮下面怯生生地好奇地看過來，在他的小胸脯上有一個黃銅作的吉祥物，這是他唯一的飾物，也是他身上穿戴的唯一物品。門上掛著幾串等著成熟的香蕉，在整個只有從門那裡能投進光來的小茅草屋中，不存在貧瘠，可以看見的是極其整潔，可以看到的是漂亮潔淨的秩序。

這個行路人在這裡看到了一種知足的家庭氣息，心裡湧起了一絲絲從遙遠的童年時代而來的對家鄉的情感，這一絲鄉愁是他在布拉德利先生的那所大房子裡面感受不到的。他甚至覺得，他並不是一個來到這個茅屋躲雨的路人，而覺得，他這個在混濁的生活迷宮中迷失的人，到了這裡，他才再次呼吸到了正確的、自然的、知足常樂的生活的意義和快樂。密集而粗大的雨點敲打著茅屋厚實的蘆葦頂，水簾從屋頂垂下來，像一堵玻璃牆。

大人們無拘無束、開開心心地和這個不同尋常的客人聊天，在說完了客套話之後，他們問了他一個很自然的問題，他來這個國家的目的和打算是什麼，他有些尷尬，把話題轉開。心地善良謙遜的阿吉翁經常不由自主地覺得，他作為一個遠方民族的派遣者來這裡，要剝奪這裡的人民的神和信仰，而把另外一個神強加給他們，實在是一種肆無忌憚而且傲慢的行徑。他一直覺得，只要他學好了印度語，或許厭棄感就會消失。但今天他異常清楚地認識到，這只不過是一種錯覺，他對這個棕色民族了解得越多，他心裡就越感到沒有權力和興致，擺出一副主子的面孔來干預這個民族的生活。

雨漸漸地停了，雨水沖刷著肥沃的紅色泥土，沿著山崗上的小巷淌下去，一束束陽光穿過濕漉漉的閃著水珠的棕櫚樹，刺眼奪目地反射在香蕉樹的寬大葉片上。傳教士向房主表示謝意，準備告別，這時一道影子落在地面上，小小的茅屋頓時暗了下來。他馬上回過頭去，看見一個身影光著腳無聲地走進來，是一個年輕女子或者姑娘，她看見他吃驚的目光嚇了一跳，飛快地躲到那個男孩所在的爐灶後面了。

「過來，跟這位先生問好！」她父親對她喊道。

她拘謹地走出來兩步，把雙手交叉在胸前，鞠了幾個躬。她那濃密的黑髮上還有些雨珠在閃著。英國人友好而遲疑地把手放在上面，向她問好，他深深地感覺到手指間這柔軟的頭髮，她抬起臉來朝著他，美麗烏黑的眼中滿是友好的笑意。她的脖子上戴著一串玫瑰紅的珊瑚項鏈，左腳踝上戴著一只沉甸甸的金環，緊貼著胸部下面裹著一件紅棕色的長裙。這個簡樸美麗的姑娘站在驚訝的陌生人面前，斜陽淡淡映射在她的頭髮和棕色的肩上，讓她那年輕的小嘴裡的尖尖的小牙齒閃光。羅伯特．

阿吉翁欣喜地看著姑娘，想深深地望著她那安靜柔和的眼睛，但他馬上又覺得有些不好意思，她的頭髮散發出潮濕的香氣，她裸露的香肩和胸脯都讓他迷亂，他隨即在她那天真無邪的目光面前垂下眼睛。他掏了掏口袋，拿出一把小小的剪刀來，他平時用這把剪刀修剪指甲和鬍鬚，在採集植物時也常常用到這把剪刀。他把這把剪刀送給這個美麗的姑娘，他知道，這是一件相當貴重的禮物。她有些遲疑地接過剪刀，欣喜中有些驚訝，父母對此道謝不已。他向大家告別離開時，她把他送到小茅屋的屋檐下，抓起他的左手，吻了起來。這鮮花一般的嘴唇溫暖的輕輕的觸碰攪動了這個男子的血，他真希望能直接吻上她的嘴唇。他沒有這麼做，只是把她的雙手握在自己的右手中，看著她的眼睛問：「妳多大了？」

「我不知道。」她答道。

「那妳叫什麼名字呢？」

「納伊莎。」

「再見，納伊莎，別忘了我！」

「納伊莎不會忘記她的主人。」

他離開了那裡，找到了回家的路，沉浸在起伏的思緒中，他一直到天黑才到家，走進自己的房間時，才發現他今天在出遊中沒有帶回來一隻蝴蝶或者甲蟲，一片葉子或者一朵花。他的房間，就是年輕小夥子的乏味枯燥的房間，以及周圍遍地躺著的一些僕人，還有脾氣暴躁的布拉德利先生，這一切從來未有像今天晚上這般讓他覺得這麼恐怖和毫無安慰，他在搖搖晃晃的小桌子邊坐下，想借助一盞小油燈的燈光來讀讀《聖經》。

在這個夜晚，儘管蚊子唱個不停，他在各種不安的思想中好不容易睡著了，奇怪的夢向傳教士襲來。

他徜徉在黃昏中的棕櫚山崗上，黃燦燦的陽光散落在紅棕色的土地上。鸚鵡在高處呼朋喚友，猴子們大膽地在柱子般高高的樹幹上翻騰，閃爍著寶石光芒的蜂鳥珍奇無比，各種昆蟲用聲音、顏色和動作來表達牠們活著的樂趣。高高興興的傳教士漫步在這色彩斑斕之處，心裡充滿感激和歡樂。他呼喚著一隻就像在走鋼絲繩的猴子，看，那隻靈活的猴子馬上聽話地爬到地面上，就像是一個僕人恭恭敬敬地在阿吉翁面前站好。阿吉翁馬上意識到，他在這一個造物的極樂世界裡可以發號施令，他隨即把小鳥和蝴蝶都叫到自己身邊，牠們馬上飛來，一群群閃閃發光，他揮著手，打著拍子，晃著腦袋，用眼神和咂舌來行使命令，所有這些美麗的動物都順從地列隊，在金色的空中形成懸浮的圓圈和節日的隊列，牠們發出各種動聽的聲音，唧唧啾啾、嗡嗡嚶嚶形成美妙的合唱，牠們急速旋轉，相互追逐，在空中用身影畫圈，形成螺旋。這就是一場熠熠放光的、美妙無比的芭蕾舞和音樂會，是一個失而復得的天堂。這個夢中人駐足於這個和諧的魔幻世界，這是個屬於他的世界，是他所獨有的，他的內心充滿了快樂，一種幾近痛苦的快樂。因為在這快樂中存在著一絲預感和覺察，一種對自己不配獲得這一切以及這一切將轉瞬即逝的預感，這位虔信的傳教士先前在面對每一種感官快樂時都會感受到這一點。

這種擔憂的預感並沒有欺騙他。這個開開心心的自然之友正沉浸在猴子的馴服乖巧之中，正在逗弄著親密地停在他左手上、像鴿子一般讓他隨意撫愛的一隻大型的藍翼蝴蝶，這時擔憂的陰影和魔幻山崗的解體正悄然而至，並開始左右著夢中人的心緒。幾隻鳥兒突然恐懼地尖聲大叫了起來，不安的狂風舞動著高高的樹梢，溫暖快樂的陽光也變得黯淡無光，鳥兒四處逃散，美麗的大蝴蝶在恐懼的無助中被風捲走。雨點激烈地敲打著樹冠，遠處的響雷轟隆隆地從天空滾動而至。

布拉德利先生步入森林。最後一隻彩色的鳥兒也倉皇飛逃。布拉德利身材高大，陰暗如一位被擊斃的國王的幽靈，他越走越近，充滿蔑視地在傳教士面前顯靈，用一連串傷害、譏誚、嘲諷的話語和充滿惡意的語言來指責他，他是一個騙子，是一個無所事事之徒，他在倫敦的捐資者面前報名要來這裡對異教徒進行布道牧靈，還收了錢，可是到了這裡之後，什麼事情也不做，整天遊手好閒地抓甲蟲和到處閒逛。而阿吉翁則不得不咬牙切齒地承認，他說的全都是對的，他有罪過，他耽擱了一切。

那位遠在英國的權高位重的富有捐資人，阿吉翁的雇主出現了，他和幾個英國的神職人員一起，夥同布拉德利一道在灌木和荊棘叢中驅趕並追逐著傳教士，他們一直來到一條熙熙攘攘的街道，來到孟買的郊區，這裡奇形怪狀的荒誕的印度教寺院四處可見。這裡來來去去地流動著各色人群，赤身裸體的苦力，身著白袍的高傲的婆羅門，在寺院的對面佇立著一座基督教教堂，在教堂的正面大門上用石雕塑造了上帝，他飄浮在雲層中，目光嚴肅，鬍鬚飄動。

被驅趕的傳教士一下子躍上教堂的石階，揮舞著雙臂，開始向印度人布道。他大聲地要求他們看過來，要他們去進行比較，真正的神看起來跟他們自己所膜拜的那個長著無數胳膊和象鼻的鬼怪東西相比，是多麼的不同。他伸手指著那個各種人物扭成一團的印度教寺院前的浮雕，然後又指向他的教會的神像。但是他嚇了一大跳，他順著自己的姿勢抬頭回望時，神像已經完全變了樣，神突然間長出了三頭六臂，臉上也不再是那種有些蠢的嚴肅表情，而展現出一種微妙的、優越的、心滿意足的微笑，那些印度教神像中的比較精美的那一部分也不乏這種表情。布道者有些遲疑地朝著布拉德利先生望去，朝著捐資人和神職人員望去，他們所有的人卻都消失了，他獨自一人無力地站立在教堂前的台階上，現在上帝本人也離開了他，因為他用六臂朝著印度教寺院招手，用神的開朗朝著印度教神祇微笑。

阿吉翁站在教堂的台階上，被完全遺棄、受辱，不知所措。他雙目緊閉，筆直地站著，靈魂中的每一點希望都消失了，他以絕望的平靜等待著那些異教徒用石塊砸死他。但這並未發生，在令人恐懼的片刻之後，他覺得自己被一隻有力而溫和的手給推到一旁，當他再次睜開眼睛時，看見那位石造的天父高大而有尊嚴地邁下台階，對面寺廟的那些神祇形象也一群一群地從他們的展示台上走下來。天父向所有的神問候，他隨即步入印度教寺院，友好地接受身著白袍的婆羅門致以的敬意。而長著奇形怪狀嘴巴、滿頭蓬亂頭髮和瞇縫眼的異教神們則一齊擁入教堂，他們覺得這裡一切都很好很美，引得不少信徒也跟著進入教堂，於是出現了在教堂和寺院之間神祇和人群的大挪移。鼓樂聲和管風琴聲融為一體，相伴相生，皮膚黝黑的安靜的印度人在簡潔的英國基督教的聖檀上放下了蓮花。

在節日般擁擠的人群中走來美麗的納伊莎，她披著一頭富有光澤的平直黑髮，長著一雙孩童的大眼睛。她從一堆信眾所在的寺院那裡走過來，邁上通往教堂的台階，在傳教士面前站住。她嚴肅可愛地看著他，對他點點頭，遞給他一朵蓮花。他幸福得如同在九重天上，俯身向著她那張清純乾淨寧靜的臉，吻她的雙唇，把她摟在懷裡。

他還沒來得及聽納伊莎對他說什麼，就從夢中醒來了，他覺得自己十分疲憊，對夢境有些吃驚，在黑暗中伸展開四肢躺在床上。各種情感和欲求交織在一起，令他感到痛苦迷茫，感到絕望。那個夢在一定程度上向他展示了他的自我，他的缺點和怯懦、他對自己的職業的不信任、他對那個棕色異教徒的愛戀、他對布拉德利的極度憎恨、他面對自己的雇主的良心不安。就是這樣，一切都是真的，無法改變。

他很難過，在黑暗中，雙眼充盈著淚水。他試著去祈禱卻無法進行，他試著將納伊莎想像為女魔鬼，認識到自己對她的迷戀是該受責備的，但這也無法進行。最後他只好起床，半睡半醒中，剛才的夢境的陰影和戰慄還圍繞著他。他離開了自己的房間，找到布拉德利的屋子，他有一種強烈的欲望，去看看其他人，同時也懷著一個目的，為自己對這個人的厭煩感到羞愧，想通過自己的坦誠將他變為自己的朋友。

他穿著草鞋躡手躡腳地沿著寬闊的走廊來到布拉德利的臥室，臥室的輕便門是由竹枝編織而成的，只編織到門框的一半高度，高大的空間中有微弱的光，因為布拉德利跟很多在印度的歐洲人一樣，習慣整夜都點著一盞小小的油燈。阿吉翁輕輕地將門上的把手向裡推開，走了進去。

小小的燈芯在房內地面上的一個泥質的小盞中燃燒著，將微弱而巨大的影子投向前面光禿禿的牆上。一隻棕色的夜蛾圍繞著燈光嗡嗡地繞著小圈飛著。在床周圍是很仔細地掖好的蚊帳。傳教士拿起燈盞，走近床邊，將蚊帳打開一條縫。他正要呼喚熟睡者的名字，卻嚇了一大跳，因為布拉德利不是一個人在睡覺。他身穿薄薄的絲質睡衣仰面躺著，他的下巴向前翹著，看過去絲毫不會比白天更友好也更和善一點點。在他的身邊赤身裸體地躺著第二個人，一個長著黑色長髮的女人。她躺在旁邊，臉朝著傳教士，他認出她來了：就是那個健壯的高大姑娘，她每週都來取換洗的衣物。

阿吉翁沒關上蚊帳就急急忙忙地離開了，他回到了自己的房間。他試著再睡去，但睡不著。白天的經歷，夜晚的奇怪的夢，還有剛才看到的那個赤身裸體的女人都讓他無法平靜。同時，他對布拉德利的厭惡加深了，他甚至不想再見到他，不想在吃早餐的時候向他問好。而最折磨他，最讓他感到壓抑的問題是，他該不該責備跟他一起住的這個人的生活作風，該不該試著讓他改變。從阿吉翁的本質來看，他不願意做這件事，但是他的職位看來卻要求他去克服自己的膽怯，去直接對這個罪人說個明白。他點燃了燈，讀了幾個小時《新約》，蚊子圍著他嗡嗡地唱著，不停地煩擾他，但他並未從中得到一種把握和安慰。他幾乎要開始詛咒整個印度，或者說詛咒他自己的好奇心和漫遊的遊興，正是這些把他帶到這裡來，把他引入死胡同中。他從未覺得自己的前程如此黯淡，他從未像在這個夜晚一樣，深深地感到自己並不適合做一個傳教徒和殉道士。

吃早餐的時候，他雙眼凹陷，面容疲憊，了無興致地用勺子在香濃的茶中來回攪動著，百無聊賴地剝著香蕉的皮，剝了很久也沒剝開，直到布拉德利出現。這位像往常一樣，簡單而冷淡地向他打招呼問好，開始向侍童和送水工發號施令，在那一串香蕉中左看右看，挑出最金黃色的那根來，然後飛快而又專橫地吃掉，同時在灑滿陽光的院子裡，僕人為他備好了馬。

正當他要起身時，傳教士說道：「我還有話要對您說。」布拉德利有些疑惑地抬起眼睛來。

「有話說？我的時間很趕，必須現在說嗎？」

「是的，最好現在。我覺得自己有義務對您說，我知道您跟一個印度女人有著令人難以置信的交往。您可以想到，讓我說這些，有多麼難堪……」

「難堪！」布拉德利一下子跳起來，怒氣沖沖地發出了一陣嘲笑，「先生，您是一隻比我所能想像的還要蠢的驢！您怎麼看我，對我來說根本就沒有任何作用，您卻在我的房子裡四處窺探，我覺得這簡直下流。我們簡單地處理這事吧！我給您時間到星期天。到那時千萬拜託您要在城裡面自己另外找個住處，因為我不能在這幢房子裡面多忍受你一天！」

阿吉翁以為他會敷衍了事，卻不想他會給他這麼個回答。但他絕不讓他嚇住。

「我非常樂意，」他面不改色地說，「將您從我住在這裡而給您造成的騷擾中解放出來。早安，布拉德利先生！」

他走開了，布拉德利認真地看著他的背影，有些受觸動，也有些覺得好笑。然後他捋了捋粗硬的鬍鬚，吹著口哨喚來了狗，走下木頭樓梯來到院子，騎馬進城去了。

兩個男人都對這次簡短的疾風驟雨式的談話和將話說開感到由衷地鬆了一口氣。而阿吉翁卻突然發現自己面臨著在一個小時之前他還不必考慮的問題以及目前必須馬上做出的決定。但當他越是認真地考慮自己的事情就越是清楚地認識到，跟布拉德利的爭論不過是無足輕重的小事一樁，消除他目前這種完全混亂的狀況則是一個迫不及待的嚴峻的問題。這樣一想他的思路就更加清晰，心裡也就舒坦了一些。住在布拉德利的房子裡生活，他有勁使不上，無法滿足的欲望和無所事事的時光，對他來說成為一種折磨，他那單純的天性再也無法承受這一切，結束這種半囚徒式的生活，使他心裡覺得輕鬆起來，接下來生活中該來什麼就只管來吧。

現在還是清晨時光，花園的一角他最喜歡的地方還在陰涼的半影中。這裡瘋長的灌木叢枝條垂過一個四周被圈起來的小池塘，以前人們大概打算把這裡建成一個游泳池，但現在無人管理，荒廢了，一小群黃色的甲魚在這裡住下了。他把自己的竹椅搬到池塘邊，坐在椅上，看著默不作聲的那些動物，牠們遲緩愉快地在溫暖的水中游著，用狡黠的小眼睛看著這個世界。

在整個院子的另外一頭，一個閒著的馬廄少年蹲著在歌唱，他單調的鼻音聽起來就像是水波蕩漾而至，消逝在溫暖的空氣中，坐著的人昨晚一夜沒睡好，現在覺得疲乏，他閉上眼睛，雙手下垂，睡著了。

他被蚊子叮醒時，有些慚愧地發現，他差不多睡了整整一個上午。但他現在覺得精神很好，情緒也不再低落，於是他就刻不容緩地先去整理一下自己的思路和想法，釐清自己生活中的種種混亂。現在他毫不懷疑地弄清楚了一點，這也是長久以來在下意識中使他無法工作，並且在夢中讓他害怕的一個認識，就是到印度來雖然很好，也是明智的，但是他確實不具備成為傳教士所必備的內在的使命感和驅動力。他那謙遜的天性足以使他認識到自己的失敗和令人沮喪的缺點，但他卻沒有理由為此感到絕望。他目前更加覺得，因為他現在已經下定決心，去為自己找一份合適的工作，將富饒的印度真正作為一個很好的避難所和家鄉。那些當地人全部都信仰錯誤的異教神祇，這雖然令人悲哀——但他的職業卻絕對不是去改變這種狀態。他的職業是，為自己去占領這個國度，從中為自己和他人獲取最好的東西，他要將自己的眼光、自己的知識、自己充滿行動熱情的青春都貢獻出來，只要有對他合適的工作出現，他就要樂於準備好工作。

當天晚上，他跟一個住在孟買的斯特羅克先生面談了不到一個小時，他就被此人雇為祕書和附近的一個咖啡種植園的監理。斯特羅克向他保證，會設法將他的一封信帶到倫敦，給他到目前為止的雇主，阿吉翁在信中解釋了他的所作所為，並且表示日後有義務為收信人做事。這位新的監理回到他的住處時，發現布拉德利戴著袖套正獨自坐在那裡吃晚飯。他還沒在他身邊坐下，就告訴了他今天發生的事情。

布拉德利嘴裡滿是食物，點著頭，往他喝的杯中又倒了點威士忌，近乎友好地說：

「您坐吧，要吃什麼自己拿，魚都快要涼了。現在我們差不多是同行了。好，我祝您一切順利。種植咖啡比讓印度人改信基督教要簡單多了，這一點是可以肯定的，也可能同樣有意義和價值。阿吉翁！我還真沒想到您有這麼多的理智。」

他要去的種植園在內陸，要花上兩天時間，後天阿吉翁就要在一群苦力的陪伴下前往。這樣他就只剩下一天時間來處理他自己的事情。讓布拉德利吃驚的是，阿吉翁明天要向他借一匹馬，但他什麼問題也沒問。在溫暖的黑色的印度之夜，兩個男人面對面地坐著，他們讓人拿走那盞被成千隻昆蟲繞飛的燈，他們現在覺得彼此之間的距離比這幾個月裡不得不住在同一個屋檐下的任何時候都要更近。

「您說，」阿吉翁在沉默了良久之後開口了，「您是不是從來就沒有相信過我的傳教計畫？」

「哦，我信過，」布拉德利平靜地回答，「您是認真的，這一點我看得很清楚。」

「那麼您肯定也看見了，對於人們想讓我從事的工作而言，我是多麼的不合適，這一點您肯定也看見了，但是您怎麼什麼也沒對我說呢？」

「又沒有人雇我做這項工作。我不喜歡別人對我的事情指手畫腳的，同樣我也不會對別人這樣做。而且，我在印度看到過一些最離奇的事情都有人做過，也做成了。布道是您的工作，不是我的。現在您自己就認識到了您的一些錯誤！以後您也會這樣對待別人的……」

「比方對待誰？」

「比方今天早上您劈頭蓋臉地對我說的那些話。」

「哦，因為那個姑娘！」

「正是。您曾經是神職人員，儘管如此，您也必須認識到一點，一個健康的男人如果身邊不是時而有個女人的話，不能多年地生活和工作，而且同時還保持健康。我的上帝，您聽了這話別臉紅啊！您看，作為在印度的白人，如果一開始沒有從英國帶來一個女人，在這裡可以選擇的餘地是很小的。這裡沒有英國姑娘。在這裡出生的姑娘，還是小孩子時就被送回歐洲了。所以只能在隨船妓女和印度女人之間做出選擇，而我願意選印度女人。您覺得這又有什麼嚴重呢？」

「哦，正是這一點我們有分歧，布拉德利先生！我覺得，《聖經》和我們的教會規定，任何一種婚外的關係都是嚴重和錯誤的！」

「但是人們沒有別的辦法的時候呢?」

「怎麼會沒有別的辦法?如果一個男人真正地愛一位姑娘,他就該跟她結婚。」

「但是不會跟一個印度姑娘吧?」

「為什麼不呢?」

「阿吉翁,您的心要比我的寬廣得多!我寧願咬掉自己的一根手指也不願跟一個有色人種的女人結婚,您聽明白了?以後您也會這樣想的!」

「哦,拜託,我可不希望這樣。我們已經把話說到這裡了,我可以跟您說了,我愛上了一位印度姑娘,我還真希望讓她成為我的妻子。」

布拉德利的臉變得十分嚴肅:「您千萬別這麼做!」他說話時幾乎是在請求。

「會的,我會這樣做。」阿吉翁滔滔不絕地說下去,「我會先跟這位姑娘訂婚,然後教導她,給她上課,一直等到她能夠接受基督教洗禮,然後我們在一座英國教堂裡舉辦婚禮。」

「這姑娘叫什麼?」布拉德利沉思著問。

「納伊莎。」

「她父親叫什麼?」

「這我還不知道。」

「好吧，到舉辦婚禮還有很多時間；您最好再好好想想！我們這樣的人當然有可能愛上一個印度姑娘，她們大多很漂亮。她們也會成為忠誠溫順的女人。但是我還是只能把她們看作一種小動物，比如說風流的山羊或者美麗的小鹿，並不看作我們的同類。」

「這不正是一種偏見嗎？所有的人都是兄弟，印度人也是一個古老高貴的民族。」

「對，這一點你可最好要知道，阿吉翁。就我個人來說，我十分尊重各種偏見。」

他站了起來，說了句晚安，走進了他的臥室。在那個臥室裡，他昨夜留宿了那個漂亮高大的洗衣婦。「就像一種小動物」，他是這麼說的，阿吉翁過後在腦子裡拒斥這種說法。

第二天一早，布拉德利還沒來吃早餐，阿吉翁就讓人把馬牽來，策馬遠去，這時候，搖晃的樹梢上早起的猴子們還在啼叫。太陽還沒有升得多高，他就來到了認識了漂亮的納伊莎的那間小茅屋，他拴好馬，步行走近茅屋。門檻上坐著那個沒穿衣服的小男孩，他正跟一隻小山羊玩鬧，他嬉笑著讓山羊一再把他頂開。

這位來訪者正想從這條路走開，進入小茅屋，從屋裡出來一位年輕的姑娘，走過蹲著的小男孩，他馬上認出來，這姑娘正是納伊莎。她走到巷子裡，右手上舉著一只泥質的細長水罐，從阿吉翁面前走過，並沒有注意他，阿吉翁開心地跟著她。他很快地追上了她，向她問好。她抬起頭，輕聲地回覆了她的祝福，冷淡地用她那雙美麗的棕黃色眼睛望著這位男子，就彷彿根本不認識他一樣，他拉起她的手，她受到驚嚇，把手抽回去，加快腳步往前走。

他陪同她來到一個疊砌成的貯水池邊，水從細細的泉眼中穿過長滿青苔的石塊點點滴滴地流聚起來。他想幫她將水罐裝滿水，幫她把水罐舉起來，但是她默默地把他撇開，一臉倔強的神態。他對這種生硬的態度感到很驚訝也很失望，他從口袋裡面掏出為她帶來的一個小禮物。當他看到，她馬上放棄了防範，伸手去抓那個他遞上的物品時，他心裡多少覺得有點不快，那是一只帶琺瑯彩的小盒，上面有美麗的花卉圖片，圓形的盒子蓋的內側裝著一面小小的鏡子。他給她看，怎麼打開小盒子，然後把它放在她的手中。

「給我的？」她用孩童的眼神問道。

「給妳的！」他說。她在把玩這小盒子，而他輕輕地撫摸著她那天鵝絨一般的臂膀和她的長長的黑髮。

她對他說了聲謝謝，神情猶豫不決地去拿那只盛滿水的水罐，他想對她說幾句親熱溫柔的話，可是她顯然只能聽得半懂不懂的，他在努力地想著詞句，有些不知所措地站在她的身邊，他突然覺得他和她之間存在著鴻溝，他非常難過地想到，能夠把他和她聯繫在一起的東西太少了，要把她變成自己的新娘，變成自己的女朋友，讓她理解自己的語言、認識他的本質、分享他的思想，都將會需要多麼漫長的時間。

這時，他們慢慢地朝著小茅屋的方向往回走，他走在她的身邊。那個小男孩跟山羊玩起了緊張的追逐遊戲。他黑棕色的後背在陽光中閃耀著金屬的光芒，他那因為吃大米而鼓脹起來的肚子讓他的腿顯得格外纖細。英國人帶著一絲陌生感想到，如果他跟納伊莎結婚，那麼這個大自然的孩子就會成為他的內弟。為了避免去想這個情景，他把目光再次投向納伊莎。他端詳著那張精致的臉，大眼睛和清爽的孩童般的嘴巴，他不由得想，或許他今天就能夠好運地從這樣的雙唇上獲取第一個吻。

突然從茅屋裡面出來一個人，就像是鬧鬼似的出現在他面前，一下子把他從剛才的美好想法中給嚇醒了，他幾乎沒法相信自己的眼睛。第二個納伊莎出現在門框上，她跨出門檻，站在他的面前，她跟第一個納伊莎長得一模一樣，就像是照鏡子產生的圖像。而這個鏡像朝著他微笑，向他問好，從自己腰部的布兜中掏出了一樣東西，她得意地把這樣東西在她的頭上晃動著，這件物品在陽光中閃光，他也馬上就認出來了。就是那把小剪刀，他不久前送給納伊莎的。而今天他送小盒子的那個姑娘，他深深地注視過那個姑娘的眼睛，撫摸過她的臂膀，她卻不是納伊莎，而是她的妹妹，現在兩個姑娘並排站在一起，也還是幾乎沒法把她們區分開來，這時愛上了納伊莎的阿吉翁覺得自己受騙了，上當了，卻又沒法說個明白。兩隻小鹿長得像得沒法再像了，如果在這個時刻讓他可以隨意在兩人中選出一人帶走，並且永遠地留在自己身邊，他也不知道，兩個人中他究竟愛的是哪一個。他有可能漸漸地認識到，那個真正的納伊莎是姐姐，個頭略微矮一點。但是他的愛，他在這一刻之前對自己的感情還那麼有把握，卻在這一刻破裂了，分成了兩半，就像是這個姑娘的圖像那樣，在他的面前出乎意料地突然間變成了一雙。

布拉德利對發生的這件事一點都不知道，當阿吉翁中午回家，默不作聲地吃飯時，他也沒有提出任何問題。到了第二天早上，阿吉翁的苦力們來了，把他的箱子和袋子裝上，運走時，這個即將啟程的人將手伸給留下的人，再次向他表達感謝，布拉德利有力地握住他的手，說：「一路平安，我的好小夥兒！一段時間以後，你會看夠了那些甜膩膩的印度嘴臉，你會非常渴望再次見到一個正派的英國人！到那時候，您再來我這裡，我們對很多事情的看法都會一致了，現在我們對很多事情的看法還不一致！」

4 森林人

在年輕的人類還尚未分布到地球各處時，在最早的時代的開端，那時有森林人。這些森林人湊在一起，膽小地生活在熱帶的原始森林的籠罩下，他們不斷地與他們的近親，也就是猴子，爭鬥。在他們的所作所為之上只有一個唯一的神靈，同時也是他們的唯一法則，那就是森林。森林是故鄉、庇護所、搖籃、窩和墳墓，人們沒辦法想像在森林之外還有生命。人們避免闖到它的邊緣，那些因為在狩獵或逃跑中命運不濟，被趕到森林邊緣的人，過後都哆嗦著害怕地說起外面的那片白色的荒蕪和空虛，看到那裡可怖的虛無在致死陽光的烤曬之中閃耀。那時生活著一個年老的森林人，他在幾十年前被野獸追逐，逃到了森林最外部的邊緣，不久後就瞎了。他現在成了祭司或是聖者一類的人物，名叫馬塔達拉姆（目光內省之人）。他創作了神聖森林之歌，供下大暴雨時唱，森林人都聽他的。他用肉眼直視太陽，卻沒有因此死去，這成就了他的聲望，這也成了他的祕密。

森林人的個頭很小，棕色皮膚，毛髮很濃，他們行走時身體前趨，長著驚恐的野獸的眼睛。他們既可以像人那樣，也可以像猴子那樣行走，在森林的樹枝上和在地面上都同樣覺得安穩。他們還不知道有房屋，但是已經會製造一些武器和器具，也會製作一些首飾。他們懂得製造弓、箭、矛和用堅硬的木頭來做木斧，用柔韌的樹皮來製作項圈，穿上曬乾的漿果或者堅果，他們也在脖子上和頭髮上戴著貴重的物品：野豬牙、老虎爪、鸚鵡羽毛、河中的貝殼。一條巨大的河流從無盡的森林中穿過，只有在黑暗的夜晚，森林人才敢步入河岸地帶，有很多人根本就沒見過這條河。膽子大一些的有時在夜晚悄悄地潛入這個地帶，小心翼翼地躲藏著，這時他們看見大象在幽暗的波光中戲水，透過下垂的樹梢朝上望去，看見由紅樹的眾多枝杈織就的網絡上面掛著閃爍的星辰。他們從來沒有見過太陽，在夏天看到太陽的倒影被視為是極端危險的。

那個以瞎子馬塔達拉姆為首領的森林人部落中還有一個年輕人庫布，他是年輕人和不滿者的代表和領袖。自從馬塔達拉姆老了，變得更加貪戀權力之後，就出現了一些不滿者。直到這個時候，盲人享有特權，他可以從其他人那裡獲得食物，別人也來向他尋求建議點子，唱他的森林之歌。但他慢慢地引入了一些新的煩瑣的習俗，他自己聲稱，這些都是森林之神在夢中給他的啟示。一些年輕人和懷疑者說，這個老傢伙是個騙子，他只想著自己的好處。

馬塔達拉姆最新引進的習俗是慶賀新月升起的儀式。在這個儀式裡，他自己坐在人們圍成的圓圈中央，敲擊牛皮鼓。而其他森林人則必須長時間地一邊圍繞著圈子跳舞，一邊唱著〈你好，橡樹〉之歌，直至他們筋疲力盡地跪倒在地上。然後每一個人都必須用刺來刺穿自己的左耳朵，年輕的女人們則必須被帶到這位祭司面前，由他用刺來穿透耳朵。

庫布和幾個同齡人拒不接受這個習俗，他們努力著，說服年輕的姑娘們也奮起反抗這個習俗。一次他們有望獲勝，衝破祭司的勢力。那個老人又舉辦了新月節，並刺穿年輕女子的左耳。一名年輕女子痛苦地大聲喊叫起來，奮力反抗，而這位盲人一下將刺捅進了她的眼睛，眼珠子掉了出來。這個姑娘喊得如此絕望，所有的人都跑過來看，當人們看見出了什麼事的時候，都深受震撼，憤怒地沉默了。但是當年輕人擠進來過問這事的時候，庫布大膽地抓住祭司的肩膀，老人在他的鼓前站了起來，用嘶啞的嘲弄的嗓音發出了一個極為可怖的詛咒，所有的人都害怕地逃離，年輕人的心也出於震驚而凍僵了。那位老祭司說了幾句話，這些話的具體意義卻沒有一個人能夠聽懂，但這些話的架勢和語調聽著卻瘋狂且令人悚然，像是在侍神時用的令人害怕的神聖語言。他詛咒著年輕人的眼睛，禿鷲該啄去他的眼睛，他詛咒他的內臟，他預言，總有一天這些內臟會在寬闊的荒野上的毒日下曝晒。然後祭司在這個時刻比任何時刻都更加具有勢力，他命令把剛才那個姑娘帶上來，然後用棘刺捅瞎了她的第二隻眼睛，所有的人都帶著震驚看著這一切，但是沒有人敢大聲喘氣。

「你會死在外面的。」老人詛咒著庫布。從那時開始，人們都開始躲避這個沒有任何希望的年輕人。「外面」——就是說：在家鄉之外，在遮天蔽日的森林之外！「外面」，這意味著恐懼，太陽烤灼和火熱的、死亡的空洞。

驚恐的庫布逃得很遠，他看到有人避開他，他就將自己藏在一個空樹幹裡面，陷入絕望之中。他白天黑夜都躺在那裡，在對死亡的恐懼和堅守之間搖擺不定，全然不知部落裡的人是否會來打死他，或者太陽會從森林外躥進來，包圍他、圍剿他、殺死他。但是既沒有箭也沒有矛飛至，更沒有太陽或者閃電光束，到來的只是一種極度的疲憊和饑餓的轆轆聲。

庫布又站了起來，從空樹幹中爬了出來，他很冷靜，幾乎感到有些失望。

「祭司的詛咒一點也不管用。」他有些奇怪地想著。接著，他去找些食物。他吃了些東西之後，覺得四肢又有了活力，驕傲與仇恨又回到了他的靈魂中。現在他根本就不想回到他的部落中去。現在他要成為一個孤獨的、被趕出來的人，要成為一個讓人們恨的人，要成為對祭司——這隻瞎眼的畜生——發出最深的詛咒的人。他決定要一個人活下去，但在此之前，他要先復仇。

他一路走一路想。他仔細地回想了一切，想到當時是什麼引起了他的懷疑，什麼看起來像騙局，想得最多的是祭司的那只鼓和他的節日儀式，他越是思考，他自己一個人待的時間越久，就看得越是清楚：是的，這是個騙局，一切都是欺騙和謊言。因為他已經到了這一步，所以他就想得更多，他將覺醒的不信任完全指向一切，一切被人視為真理和神聖的東西。例如森林之神和神聖的森林之歌是怎麼一回事？噢！根本什麼都不是，這也是騙人的！他克服了心頭上的震撼，開始唱那首森林之歌，用嘲弄和蔑視的聲音來唱，將所有的詞語都顛倒過來，他喊了三遍森林之神的名字，這個名字除了祭司之外別人都不許喊，否則要被處死。而四處安安靜靜的，沒有風暴，也沒有霹靂打下來。

幾天過去了，幾星期過去了，這個孤獨的人就這樣漫無目的地走著，他的眼睛四周是皺紋，目光變得銳利。他也做一些從來沒有人敢做的事情，在月圓的夜晚來到河岸邊上。在那裡，他才見到月亮的倒影，然後又看到圓月本身和所有的星星，他用眼睛長久地大膽地注視著這一切，但是他沒有受到任何傷害。整個月夜他都坐在岸邊，陶醉地沉浸在以前被禁止的月光之中，他整理著自己的思想，靈魂中湧起了很多大膽而嚇人的計畫。月亮是我的朋友，他想著，星星也是我的朋友，但是那個老瞎子是我的敵人。「外面」有可能會比我們的裡面要好很多，也許什麼神聖的森林之類都不過是些瞎扯！一天夜裡他突然想到了一個大膽且極佳的點子，這可比其他人都早了好幾代。他想，大概可以用柔韌的樹皮把幾根樹幹綁在一起，然後坐在上面，隨著水流漂到下游。他的眼睛閃閃發光，心跳加快。但是沒弄成，因為河裡面全是鱷魚。

這麼說看來除了離開森林的邊緣——如果有個森林的邊緣的話——就沒有什麼道路可以通向未來了，然後把一切交付給熱浪滾滾的空無，交付給那個惡毒的「外面」。太陽那個大怪物，也必須找到，必須經歷它。因為——誰知道呢？——到頭來說不準那個古老的有關太陽很可怕的說法也只不過是一個謊言！

這個想法，一連串大膽、熱烈、瘋狂的想法中的最後一個想法，讓庫布激動得渾身發抖。在這之前，所有的時代還從來沒有一個森林人敢於自願地離開森林，自願地暴露在可怕的陽光下。他又走啊走，走了無數天，腦子裡一直迴旋著那個想法。終於，他鼓足了勇氣，在一個明亮的中午，他顫抖地朝著大河的方向悄悄地溜過去，他暗中接近了波光粼粼的河岸，用緊張的眼神在水中尋找太陽的倒影。光芒晃得他的眼睛發疼，他飛快地閉上眼睛，但過了一會兒之後，他又敢看了，然後再來一次，成功了。這是可能的，是可以忍受的，這甚至讓他開心和充滿勇氣。庫布取得了對太陽的信任。他愛太陽，儘管據說太陽會殺了他，他恨那個古老、陰暗、腐爛的森林，在森林裡，那些祭司信口胡扯，而他，年輕而勇敢的人，卻被損毀、被驅逐。

現在他的決定成熟了，他像採集甜美的果實那樣開始行動。他手中拿著一把由硬木製作的新的、順手的錘子，他給錘子配了一個細細的、輕便的柄，他在第二天一大早就開始尋找馬塔達拉姆的足跡，找到了他的行蹤，找到了他本人，一錘子砸在他的腦門上，看著他的靈魂從他彎曲的嘴中飛出。他把自己的武器放在馬塔達拉姆的胸前，以便人們知道，這個老傢伙死在誰的手中，在錘子的平整的一面，他用一塊河貝的碎片用力地刻上了他對太陽的描述，一個圓圈和幾道直線的光芒：這是太陽的圖案。

他勇敢地踏上了前往「外面」的行程，從早到晚一直朝著一個方向前進，夜裡就睡在樹枝上，到了早上再接著走，走了許多天，走過溪流和黑色的沼澤，終於穿過一片上升的地塊和長滿青苔的大石板，他先前還從來沒有見過這些東西，終於路越走越陡，被峽谷攔住去路，走進了山中，一再穿過沒完沒了的森林，一直到最後他有些疑惑和難過，他想著或許某個神確實禁止森林的造物離開家鄉。

他走了很久，一直向高處走，越走越高，越乾燥，空氣越稀薄，一個晚上他意外地來到了森林的盡頭，森林在這裡終止了，大地也跟森林一起終止，森林在這裡衝入空氣的虛無之中，就像是在這個位置上世界一下子掰開成為兩半。除了遠方的一抹紅色和天上的幾顆星星，就什麼也看不見了，因為夜幕已經降臨了。

庫布在這裡坐在世界的邊緣，他把自己牢牢地綁在一棵攀緣植物上，這樣他就不會掉下去。在灰暗和極度的緊張興奮中，他蹲著度過了一夜，他一夜沒閉眼，清晨天剛濛濛亮，他就耐不住用雙腳站了起來，全身彎在虛無之上，等待著白天的到來。

美麗的黃色光帶在遠方微微地閃光，天空彷彿在期待中抖動，庫布也在顫抖，他還從未隔著巨大的空間看著白天的形成。黃色的光束燃燒起來，太陽突然從巨大的世界峽谷的另外一邊猛然躍入空中，碩大而火紅。它從一個無限的灰色的虛無中跳出，那個虛無隨即變成藍黑色：大海。

「外面」在這個顫抖的森林人面前揭開了面紗，呈現在面前。在他的腳下，山俯衝而下，一直衝入一個無法識別的，煙霧籠罩的深處，對面一座粉紅色的、珠寶般的岩石山昂然挺立，邊上是遙遠而巨大的黑色的海洋，白色海岸蜿蜒曲折，與岸邊搖曳的小樹一起伸展過來。在這一切之上，在這上千個新的、陌生的、巨大的各種形態上面，太陽升起了，將灼熱的光芒灑遍這個世界，世界在歡笑的色彩中燃燒。

庫布無法直視太陽。但是他看到了它的光在色彩的洪流中湧向山峰、岩石、海岸和遠方的島嶼。他倒下，將自己的臉貼近大地，在這個光燦燦世界的諸神們面前。啊，他是誰，庫布？！他是一隻渺小的、骯髒的動物，他到此刻為止的人生都在一個茂密森林中的一個昏暗洞穴中度過，畏懼而陰暗，聽命於不入流的角落中的神祇。但是這裡是世界，他的最高的神是太陽，他的森林生活長久以來可鄙的夢魘已經過去，現在已經在他的靈魂中消失，就像那個死去的祭司的蒼白圖像。庫布手腳並用地向著深淵爬下去，向著光和大海爬過去，在飛掠而過的幸福的陶醉中，他的靈魂中顫動地閃現著一個夢幻般的預感，一個明亮的、由太陽統治的大地，在這片大地上，明亮，被解放的生物在光明中生活，除了太陽，不必再聽命於任何人。

5 印度式生命軌跡

羅摩是護持神的人形化身之一，這位毗濕奴在一次與魔王的激戰中用新月形箭將其殺死，而後又再次以人形踏入人類的輪迴循環中。他的名字叫拉華納，生活在恆河邊，是尚武的王公。他就是達薩的父親。達薩幼年喪母，父親隨即續弦，娶了一位美貌而野心勃勃的女子，她很快就給這位王公添丁，達薩從此成為這位繼母的眼中釘。她不想讓長子達薩繼承大權，而一心希望自己的兒子那拉能夠登上王位。她處心積慮地離間達薩與父親的關係，一旦找到機會就立馬將達薩給趕開。

但拉華納宮中有一位身任宮廷祭司要職的婆羅門貴族華蘇德瓦，這位智者看透了她的用意，決意不讓她的心思得逞。華蘇德瓦憐惜這個小男孩，他覺得小王子繼承了其母的虔誠秉性和正義感。他時時暗中照看著小達薩，避免他受到傷害，還注意著一切機會，設法讓孩子脫離繼母的魔掌。

國王拉華納擁有一群用於獻祭梵天的母牛，牠們被視為神牛，所產的牛奶和奶油是用於供神的。全國最好的牧場為這群神牛所專享。

一天，一位照看神牛的牧人將一批奶油運到宮中，並匯報說，放牧神牛的那塊牧場已經出現了乾旱的跡象，因此一部分牧人認為，應該把牛群趕到更遠處的深山裡面去，那裡水源豐富，青草鮮美，即便在最乾旱的時期，水源也不會枯竭。

婆羅門華蘇德瓦與這位牧人相識多年，知道他是一個友善忠誠的人，便將小達薩託付於他。第二天，當小王子達薩失蹤，眾人遍尋不得之時，唯有華蘇德瓦和這位牧人知道這次失蹤的祕密。小男孩達薩被牧人帶進了山中。他們隨著緩緩行進的牛群向前走著，達薩很樂意加入牧人的行列，高高興興地跟著放牧。達薩成了一個小牧童，在放牧生活中逐漸長大。他幫著照料母牛，學著擠牛奶，和小牛犢一起嬉戲，睡臥在鮮花叢中，渴了就喝些甘甜的牛奶，光腳上沾著牛糞。達薩喜歡這種生活，他熟悉牧人和牛群，熟悉了樹林和各種樹木以及種種的果實，他最喜愛芒果樹和野無花果，他在碧綠的荷花池塘中採摘甜嫩的鮮藕，每逢宗教節日就用火樹花朵給自己編織一只鮮紅的花環來戴上。他也熟悉了野獸的生活方式，懂得怎麼躲開老虎，怎麼與聰明的獴和開心的豪豬交朋友。雨季到來時，達薩便在山裡幽暗的遮風擋雨的小屋裡和其他孩子一起玩遊戲、唱歌，或者編織籃子和蘆席，用以消磨漫長的時光。達薩並沒有完全忘記自己先前的生活以及昔日的奢華宮廷，不過那些在他心中已經恍若隔世，猶如一場夢。

一日，牛群遷移到了另外一個地區，達薩跑到森林裡去，想尋找些美味蜂蜜。他自從認識了森林，便深深地愛上了森林，尤其是眼前這座森林，簡直美麗得驚人。陽光透過樹葉和枝杈如金蛇一般舞動，鳥兒的鳴唱、樹梢的風聲、猴子的叫聲，這一切奏出一首美妙的樂曲；光與聲於此交織成了一幅熠熠發光的神聖妙網。林間彌漫著各種各樣的氣味，花朵、樹木、葉片、流水、苔蘚、動物、果實、泥土和蘑菇的氣味，有的苦澀，有的甘甜，有的濃烈，有的恬靜，有的歡快，有的悲哀，有的刺鼻，有的柔和，種種氣息時而雜糅於一處，時而四下飄散。間或可以聽到一道清泉在不知何處的山谷中奔騰的聲響。偶爾可以望見一隻帶有黃黑斑點的綠蝴蝶飛翔在一團白傘形狀的花叢上。時而從密密的樹叢中傳來一根樹枝折斷的聲音，樹葉撲簌簌地飄落的聲響；傳來野獸在樹林深處發出的吼聲，或是一隻母猴在斥責自己的小猴的聲音。

達薩聽到忘神，一時間忘記了去尋找蜂蜜，他呆望著幾隻羽毛絢爛正在婉轉啼鳴的小鳥，突然發現了在高高羊齒植物間或隱或現的一條小路，那片高大的羊齒植物叢好似大森林中一座茂密的小森林，而那條狹窄的羊腸小道僅能容下一人行走。達薩小心翼翼地循著小路前行，走到一棵枝繁葉茂的大榕樹下，樹下有一座茅草屋，一座用羊齒植物枝葉編織和搭起來的尖頂帳篷。茅草屋旁的地上坐著一個人，那人身體筆直，紋絲不動地端坐著，雙手安放在盤起的雙足之間。他頭髮雪白，額頭寬闊，一雙眼睛平靜而專注地注視著地面；他的雙眼雖然是睜開的，但對事物卻視而不見，他在關注自己的內心。達薩知道，眼前這位是聖人和瑜伽僧人，他先前也遇到過這樣的聖人，知道他們是受惠於神道的令人尊敬的長者，應當向他們表示敬畏。但是這位聖人把自己隱居的茅屋建構得如此美麗，他那靜靜下垂的雙臂，筆直端坐的禪定姿態，都強烈地吸引了這個孩子，讓這個男孩覺得這位長者比以前見過的任何聖人都更為奇妙和可敬。他端坐不動，卻又似乎懸浮在空中，他目光空靈，卻又好像穿透一切事物，一種神聖的光暈將他籠罩著，這是一種尊嚴的光圈，一種熊熊燃燒的火焰和瑜伽法力交融而成的光波，這種神奇的感覺鎮住了男孩，使這個小男孩無法穿越，也不敢發出一聲問候或者驚叫來驚擾。聖人的莊嚴法身，從內部發射出的光彩，使他即使靜坐不動也以他為中心放射出一道道光波和光線，就像從月亮上射出的光芒一般。而他的法身也以一種積蓄而成的巨大神力、一種凝聚積存的意志力量，在他四周編織起了一張巨大的法網，以至於達薩覺得：眼前這位聖人只要發一個願望或產生一個念頭，就能夠殺死一個人，或者重新救治這個人。

這位瑜伽行者一動不動，好似一棵樹，然而樹葉和枝條總還要隨風擺動，他卻像石雕的神像一般在自己的位置上紋絲不動，這使得這個小男孩一見到這個僧人便如同中了魔法，被這幅景象深深地吸引住了，他入定般一動不動地站在原處。達薩就這樣呆呆地站著，目不轉睛地注視著這位大師，看著一抹陽光塗在他的肩上，一絲光線投在他垂落的臂上，又注視著這光線一點一點地游移開，新的光線再度移入，達薩驚奇地看著，慢慢地看明白了，眼前的這位僧人對光影無動於衷，他對附近森林中鳥兒的鳴唱、猴兒的啼叫也同樣無動於衷，就連那隻停在他臉上，嗅過他的皮膚，在他的面頰上爬行了一小段又飛走的棕色大野蜂，他都絲毫未察覺，他對森林裡多姿多彩的生命全都無動於衷。達薩覺察到，這裡的一切，目光所及，耳力所及，無論是美是醜，無論是可愛還是可憎，全然與這位僧人毫無瓜葛。雨水不會讓他覺得寒冷或者沮喪，火焰無法讓他覺得灼傷，他周圍的整個世界於他而言，都只不過是無足輕重的表相。

於是，那男孩隱隱地感覺到：實際上這整個世界或許也僅僅是一種無關緊要的遊戲和表相，也只不過是從不可知的深處吹來的一陣微風、深水表層的些許波瀾，這種感覺並不是以一種思想，而是以一種切實的身體戰慄和些許眩暈從這位正在凝神注視著的牧童小王子身上掠過，這是一種對恐懼和危險的感覺，而同時又伴隨著一種強烈的渴望。因為他切實覺得眼前的瑜伽行者已經突破了世界的表層，已經越過表相世界下到了一切存在的基礎，探入了萬事萬物的內在奧祕之中。他已破除了人類感官知覺的魔網，無眼鼻耳舌身意，無色聲香味觸法，牢牢地固守居留在自己的本質實體中了。達薩雖然曾經受過婆羅門教的薰陶，獲得過神光照射的恩惠，卻並沒有能力用理性智慧來理解這種感覺，更不知道如何用語言加以表述，但是他切實感覺到了，如同一個人在極樂的時刻總會感到神就在自己近旁一樣。如今他通過對這位僧人產生的敬畏戰慄而感受到了這種神性，通過對這位僧人的愛慕，通過渴望如這位僧人一般入定感受到了這種神性。達薩站在那裡，這個老人以某種奇異的方式讓他想起了自己的身世，憶起了高牆大院的王公生活，他暗自神傷，呆呆地佇立在那片羊齒植物小叢林邊，忘卻了掠過天空的小鳥，忘卻了身旁竊竊私語的樹木，更忘記了附近的森林和遠處的牛群。他沉浸在神奇的魔力中定睛凝視著靜修者，完全被對方不可思議的寂靜和無從接近的神態所折服，也為他臉上那種清澈澄明，形態上的從容內斂，以及全身心投入修行的狀態嘆服。

事後，達薩自己也不清楚究竟在那裡待了多長時間，究竟是兩三個時辰還是幾天。當那種魔力漸漸地退去離開了，達薩輕輕地重新穿過羊齒植物叢間的小道，找到走出林子的路，最後回到那片寬闊的草地和牛群旁邊時，他自己也說不清楚曾經做了什麼。他茫然若失，魂不守舍，直到有個牧人呵斥他，他方才完全清醒過來。那人對達薩大聲嚷嚷著，責罵他離開牛群的時間太長，而男孩只是睜大眼睛盯著他看，就好像根本聽不懂他在說什麼似的。那人被男孩那種不同尋常的陌生眼神和肅然的表情嚇了一跳，半天才緩過神來開口問：「好孩子，你上哪兒去了？見到神還是見到鬼了？」

「我去了林子裡，」達薩回答，「我去那裡原本想尋找蜂蜜。可是我忘了尋蜜的事，因為我看見了一位聖人，一位隱居者，他一動不動地坐在那裡，正在潛心靜修或是在默默祈禱，當我看到他的臉上發出異彩時，不禁看呆了。我站著看他，站了很長時間。我想今天傍晚再去一次，給他送些禮物，他是一位聖人呢。」

「這是對的，」牧人答道，「你帶些鮮牛奶和甜奶油給他。我們應當尊敬聖人，也應當供養聖人。」

「那我該怎麼稱呼他？」

「達薩，你不必跟他打招呼，你只要向他行禮，把禮物放在他面前就可以了。其他什麼都不要做。」

達薩照辦了。他頗費了些工夫才重新找到那個地方。茅屋前的空地不見僧人蹤影，他又不敢貿然闖進茅屋，只好把禮物擱在屋前的空地上，轉身離去。

牧人們在這一帶放牧期間，達薩每天傍晚都送東西去，他在白天也去過一次，發現這位聖人又在靜修入神，他又情不自禁地站了很久，領受著聖人所散射出的極樂之光，感受著內心的通泰歡暢。後來他們把牛群趕到了另一片草原放牧，離開了這一帶。達薩仍然久久不能忘卻自己在那片林子裡的經歷和感受。達薩這個男孩的獨特之處在於，當他一人獨處時，會時不時全身心地沉入一種夢境中去，認為自己就是隱士和瑜伽靜修者。隨著時間的流逝，這種記憶和夢想漸漸地模糊了，達薩一眨眼就長成了一個結實的小夥子，他和年齡相仿的夥伴一起玩耍、較勁的興致也越來越高。然而在達薩的心靈深處保留著一絲微弱的閃光，一種隱隱約約的遐想，或許有朝一日瑜伽的尊嚴和力量能夠替代和彌補自己所失去的王室之尊和王子生活。

一天他們來到首都附近放牧，一個牧人從城裡回來時帶來了宮廷裡正在籌備一場巨大慶典的消息。由於拉華納國王年老體衰，他已定下吉日，要把王位傳給他的兒子那拉，宣告他兒子將成為國王。

達薩很想去觀摩慶典大會，去看看那座他在孩提時代就離開的城市，在他的記憶中，這座城市幾乎沒有留下什麼印象。他要去聽聽慶典的音樂，去觀看節慶遊行，還要目睹一下貴族們的角力比賽。當然，他還想了解一下那個陌生世界裡的市民們和權貴們的風采，因為在故事和傳說裡，他們都被描寫得猶如偉岸的神人，雖然他也知道，這些不過是童話甚至還不如傳說可靠。達薩心裡很清楚，曾幾何時，那個世界就是他自己的世界。

牧人們得到命令，要送一車奶油到宮裡去，作為慶典用的祭品。牧人首領挑選出三名運貨者，達薩也是三人之一，他很高興。

他們在慶典前先把奶油運進了宮裡，負責祭祀事務的婆羅門華蘇德瓦接收這車貨物，卻並未認出眼前的青年正是達薩。接著，三名青年牧人也加入了慶祝的人群。一大清早，慶祝活動便在所羅門祭司主持的祭獻儀式中開始了，他們看見大塊大塊的金黃色的奶油被扔入火焰中，旋即化作火舌向上躥動，忽閃著亮光的滾滾濃煙直沖無垠的天際，用以饋饗天上的三十位神道。三個年輕人看到遊戲隊伍中有一隊馱著金碧輝煌轎輦的大象，一位年輕騎士端坐在鮮花叢中的王室轎輦上，他就是青年國王那拉。他們聽見鑼鼓喧天，場面極為宏大、壯觀，令人目不暇接，但多少也有些可笑怪誕，至少在達薩看來如此。喧騰的車水馬龍、裝飾華麗的駿馬，和富麗堂皇的龐大場面都使達薩感到吃驚和入迷。另外，他還對那些在王室轎輦前跳舞的舞女發生了濃厚的興趣。她們扭動著苗條而柔軟的身子，宛若出水芙蓉的細柔的莖稈那般婀娜多姿。達薩對首都的宏偉壯觀感到震撼，無論他多麼著迷和喜悅，在他的內心深處還保留著一種牧人的清醒意識，歸根結柢，都市的浮華是他所輕蔑的。

他想到自己是真正的長子，而眼前這個同父異母的弟弟——此人一點也不了解過去——卻被抹上香脂，繼承了王位，其實坐在綴滿鮮花的王室轎輦中巡遊的應當是他達薩。不過此刻他還根本沒想到這個問題，只是對轎輦裡的那拉的模樣有些厭煩，那少年顯得既蠢且醜，一副得意揚揚的虛浮模樣。達薩很想給這個扮演國王的小子一點顏色看看，但沒能找到機會，何況當時他忙著看、忙著聽，好玩好笑的東西太多了，他就忘記了這事。城裡的女子個個容顏嬌豔，目光大膽，言談舉止大方可人。她們隨口說的話，落到三個年輕牧人的耳中，就能讓他們不停地回味。她們的話中無疑有些譏誚的意味，因為城裡人看山裡人，就像山裡人看城裡人一樣，誰也看不起誰。但話雖說如此，城中女子還是對那些一年四季生活在廣闊的天空下、天天食用新鮮牛奶和奶酪的英俊結實的年輕男人心馳神往。

慶典結束後回到山中，達薩已經是一名成年男子了。他開始追求女孩，因此必須經常在各種打架鬥毆中勝出。有一次，他們放牧來到一個新的地區，那裡水草豐美、湖泊清澈，水邊長著繁茂的藺草和竹林。他邂逅了一位名叫普拉華蒂的美麗姑娘，並且瘋狂地愛上了她。她是一戶佃農的女兒，達薩深深地墜入情網，不能自拔，為了得到這位姑娘，他可以捨棄天下的一切。

一段時間後，當牧人們必須遷移到其他牧場時，達薩不願離開他的姑娘，拒絕一切規勸和告誡，放棄了自己曾經如此熱愛的牧人生活，執意與大家道別。因為普拉華蒂已經答應要嫁給他，他便在當地定居下來。婚後，他耕種著岳父的谷地和稻田，幫助磨米磨麵、砍柴，用竹子和泥巴為妻子建了一座茅屋，把妻子藏在屋中。一定是一種巨大無比的魔力，讓這個年輕人放棄了他迄今為止的快樂、朋友和習慣，徹底改變自己的生活，混跡於異鄉人中，並扮演著一個並不那麼令人豔羨的上門女婿的角色。普拉華蒂是如此美貌，從她的容顏和軀體上散發出來的令人愛憐的魅力實在太強大，太有誘惑力了，這使達薩對其餘的一切完全視而不見，將自己毫無保留地奉獻給她。事實上，在她的懷抱中，他確實感受到了巨大的幸福。關於天上的諸神和聖者有許多傳說故事，他們受到迷人的女子的誘惑，日日夜夜經年不息地與這個女子相擁相抱，沉湎於肉慾之中，如膠似漆難解難分，忘卻了其餘一切。

但是在這樣的日子裡也並不是只有幸福，有時也會有些其他事情，他的岳父經常對他指手畫腳，要這要那；他的小舅子動不動就冷嘲熱諷；年輕的妻子也經常喜怒無常。不過只要一和她上床，一切煩惱便煙消雲散，不復存在。她莞爾一笑，他便跟丟了魂一般；輕撫她那苗條肢體時，他的心裡就像灌滿了蜜糖。她那青春的軀體是情欲的花園，盛開著千萬朵芳香四溢的鮮花。

達薩當初大約也希望這樣將自己的命運與愛情緊密地聯繫在一起。但後來發生了一些事情，他註定不能長久地擁有這種幸福。快樂的日子過了還不到一年，一天，不安和喧囂打破了這個地區的平靜。一隊傳令兵疾馳而至，宣告年輕的國王即將駕臨，隨即出現了兵馬和王室衛隊，最後出現的是年輕的那拉本人。他們要在附近地區狩獵，於是在四處紮下帳篷，隨處可聽見馬匹嘶叫聲和號角聲。

達薩對這一切充耳不聞，漠不關心。他仍舊在地裡幹活，打點磨坊，規避著獵人與朝臣們。但一天他回到小屋，發現自己的妻子不在裡面，這段時間他嚴格禁止妻子外出，他覺得心頭一陣刺痛，隱隱地預感到一場大不幸會降臨到自己的頭上。他急急地趕到岳父住處，在那裡也沒有找到普拉華蒂，人人都說沒見到她。他心頭的那種沉甸甸的不祥預感越來越強烈。他找遍了菜園和稻田。整整兩天，他在自己的茅屋和岳父的住處之間來回奔波著，尋找著。他伏在田地裡等候著，爬到井下尋找著，祈禱著，呼喚著她的名字，誘哄著，詛咒著，辨析著腳印。他最年幼的小舅子還是個小男孩，對他說出了實情，普拉華蒂和國王在一起，她住進了他的帳篷，有人還看見她騎著他的馬。

達薩帶上他放牧時用的彈弓，悄悄地埋伏在那拉的帳篷附近。無論白天還是黑夜，只要國王的帳篷片刻沒有守衛，他就悄悄地更加逼近一步，但守衛們每次再度出現時，他就只得馬上逃開。他躲在一棵大樹上，從樹上正好能看見國王的營地，他看到了國王，他在城裡慶典的時候就見過，當時就憎惡那張臉，他看著國王下馬，帳篷的簾子掀開了，一個年輕女子從帳篷內的陰影處走出來，上前迎接這個回家的男人。當達薩一眼認出那個年輕的女子正是他的妻子普拉華蒂時，驚得險些從樹上掉下來。現在他眼見為實，心頭那沉甸甸的疼痛感更加強烈。雖然他和普拉華蒂在一起時感受到了巨大的快樂，但是他現在所承受的痛苦、憤怒、屈辱及喪失的感覺要更甚於往昔的歡樂。

這便是當一個人將其所有的愛凝聚於唯一一個愛的對象時，喪失去這個愛的對象就意味著他的整個世界的坍塌。他現在就立於一片廢墟之間。

達薩在這一帶的樹叢中漫無目的地遊蕩了一天一夜，他疲憊不堪，可是只要一停歇下來，他內心的痛苦就激得他跳起來，不得安寧，他不得不向前走，片刻不得停留駐足，就像是要走啊走啊，不停地走，一直走到天涯海角，走到生命的盡頭，他的生命喪失了一切價值與光彩。可是他並沒有走遠，沒有走向不可知的遠方，而是逗留在他那些不幸的發生地，在他的茅屋、磨坊、田地還有王室的狩獵帳篷附近流連不去。

最後他又躲在帳篷上面的樹上，滿懷炙熱的復仇願望，猶如一隻狂野饑餓的困獸躲在茂密的樹叢中一樣，等著值得他傾盡全力的那一刻到來，一直等到國王出現在帳篷前。他悄無聲息地從樹枝上滑下來，舉起彈弓，將一塊石彈準確地射在他憎惡之人的腦門上，被擊中的人仰面倒地，動彈不得。四周一片寂靜。達薩還沒有等復仇得手之後的快感和狂喜消失，剎那間一種深深的恐懼便擒獲住他，一片死寂讓他心生驚恐。他不等被打死的人周圍出現鬧哄哄的場景，就消失在樹叢中，消失在沿著河谷生長的雜亂的竹林中。

當他從樹上躍下，飛快地射出石彈，將對方一石斃命之際，他彷彿覺得他自己的生命也隨之消散，彷彿用盡了最後一點力氣，彷彿與那塊奪人之命的石塊一起被拋入毀滅的深淵，心甘情願地毀滅，只要那個他所憎惡的敵人哪怕能夠瞬間倒在他面前。但現在出乎意料的死寂是對他行動的回答，一種他從未意識到的求生欲望將他從敞開的深淵給拉了回來，一種原始的本能控制住了他的意識和四肢，驅使他躲入茂密的樹叢和竹林中，驅使他去逃命，驅使他銷聲匿跡。

他一直逃到一個偏僻的落腳點，覺得自己已然躲開了最直接的危險，他這時才定下心來回過神來意識到，自己究竟做了什麼。他在筋疲力盡地蜷作一團，透不過氣來時，在沉迷於行動無法自拔時，在剛剛開始冷靜時，他發現自己還活著並逃了出來，首先感到的是一種失望和厭惡。但是當他喘勻了氣，筋疲力盡時感到的眩暈也消失了，那種憎惡感又轉化成了頑強的求生欲，一時間對自己所作所為的狂喜再次回到他的心中。

不久，周圍很快就開始了對殺人犯的追捕，追捕行動持續一整天，達薩一動不動地躲在密林中，才得以避開追捕。因為密林裡有老虎，人們不敢貿然涉足。他睡了一會兒，又警覺地埋伏觀望著，然後爬行一段，又休息一會兒，一直到了第三天才越過丘陵地帶，他接著不停頓地行走，遁入高山之中。

達薩由此開始了無家可歸的生活，飄到東又飄到西，這種生活使他變得堅強和無動於衷，但也變得更為機敏同時也變得更為絕望，但是他時時夢見普拉華蒂以及先前的生活，或者說他稱之為幸福的東西。他也多次夢見追捕和逃竄，那是些可怕的揪心的夢，例如：他在樹林裡狂奔，一群追捕者則擊鼓、吹號地在他身後窮追不捨；他扛著一個重物，穿過樹林，越過沼澤，跑過荊棘，跨過搖搖欲墜的腐木鋪就的橋面。這個重物是個負擔、是個包裹，被裹得嚴嚴實實的東西、未知物，但他知道，這是一個非常珍貴的東西，萬萬不能撒手，是一個價值連城的、一種岌岌可危的東西，是一件寶物，有可能是偷來的一樣東西，這件東西被裹在一塊棕紅底藍花紋的布料中，這布料的顏色與普拉華蒂過年過節時穿的衣服一樣，因此他只能帶著這件包裹、贓物或者寶貝潛逃，他彎腰經過低垂的樹枝和幾乎垂地的岩石，繞過毒蛇，走過鱷魚成群的河流上面搖搖晃晃的狹窄橋板，身心俱疲地停下，他摸索著包裹上的繩結，解開一個又一個繩結，將布料攤開，他用顫抖的手把那件寶物舉起了，那是他自己的頭顱。

達薩過起了隱姓埋名的生活，他四處遊蕩，他不再見人就逃，但避免跟人打交道。一天，他流浪到一個牧草豐美的丘陵地帶，頓覺心情舒暢，似乎草地在歡迎他，就像他早就認識這片草地一般。他時而認出一片草地，微風搖曳著青草的小花，他時而又認出一片闊葉柳樹林，這片林子讓他想起了那些歡快而無憂的時光，那時候他對情愛和嫉妒，對仇恨和復仇還一無所知。這就是達薩與童年的夥伴們一起放牧牛群的寬闊草原。在這裡，他度過了少年時代無拘無束的快樂時光，這個時光從遙不可及、無法重來的過去向他襲來。他的內心湧上一股甜蜜的憂傷，回應著此時此景歡迎他的聲音，那是鳥兒的鳴唱、婆娑起舞的樹葉沙沙作響，還有野蜂的嗡嗡聲。這裡散發出避難所和故鄉的氣息與聲音，達薩習慣了東奔西跑的放牧生活，還從未有哪個地方像這裡一樣讓他有一種歸屬感。

在這種靈魂之音的伴隨和指引下，達薩懷著一種返鄉者的情感，在這片宜人的土地上漫遊。在過去可怕的幾個月中，他第一次不再是異鄉人，不再是被追捕的人、一個註定要死的人，而是一個可以敞開心懷、再無憂慮、無所欲求的人，可以將自己完全交給眼前這一片清淨愜意，並與之親近之地，他感受著這一切，充滿感恩之心，對自己本人同時也對自己這種新的、不同尋常的，而且從未體驗過的欣喜的靈魂狀態感到訝異，對這種無所欲求的開放的心襟，這種輕鬆的歡暢，這種全神貫注、滿懷激賞的觀賞心態感到驚訝。他被草原盡頭的樹林吸引，走向樹林，站在灑滿一地金色陽光的樹下，方才那種置身於家鄉的感覺更加強烈了，他的雙腳仿佛有感應一般帶著他來到那條狹窄的小路，穿過一片羊齒植物叢林，穿過大森林中的那片茂密的小樹林，來到一間簡陋的茅屋前面。屋前紋絲不動地坐著一位瑜伽僧人，這正是他從前十分敬仰，並曾經奉上鮮奶的那位瑜伽僧人。

達薩如夢初醒般地站立在那裡。這裡還是一切如故，這裡時光並不曾流逝，沒有發生過謀殺，沒有人受過苦難，這裡的時間和生命猶如水晶般堅固，靜默而永恆。他端詳著老人，他當初第一眼見到老人時感受到的景仰、愛與渴求又回到了他的心田。他打量著茅屋，心裡暗自思忖，在下一個雨季到來之前把茅屋修繕一下，還是可以做得到的。他隨即小心翼翼地往前走了幾步，走入茅屋，看見了茅屋裡面。茅屋裡幾乎空空如也，一處由樹葉搭就的臥鋪，一只裝著一點點水的水瓢，還有就是一只空無一物的韌皮筐。他拿起皮筐，走入樹林，試著去找些食物，他帶回來一些果子和甘甜的樹心，接著又把那只水瓢盛滿了水。他很快就幹完了能幹的活兒。在這裡生活的人只需要這麼點東西就夠了。達薩蹲在地上陷入了夢幻之境。他對森林中這種寂靜和夢境非常滿足，他對自己本身也非常滿足，對引導他來到此處的內心之聲也很滿足，在少年時代，此處就讓他感受到寧靜、幸福和故鄉的感覺。

他就這樣留在靜默的僧人旁。他更新了僧人臥鋪的樹葉，為兩人尋找食物，修補好了舊茅屋，然後在離舊屋不遠之處開始為自己建起另一間茅屋。老人像是容忍了他，但又似乎像是弄不清楚，老人是否根本就對他視而不見。僧人從自己的冥思中醒過來時，就徑直走入小茅屋去睡覺，或是去吃點東西，或是到林子裡面去。達薩在這位可敬的老僧人身邊生活，就如同一個在大人物身邊生活的僕人一般，或許說他就像跟人類一起生活的家中的小寵物，一隻馴服的鳥，或者一隻獴那樣更為確切些，牠就這樣悄無聲息，可人心意，卻又不受人關注。

由於他長時間過著逃竄、隱姓埋名的生活，心中總是十分忐忑不安，時刻準備擺脫追捕，現在這種安寧的生活，並不繁重的工作，還有留在這麼一個並不過問關心他的人身邊，這一切都讓他一時間踏實舒坦。他可以不被夢魘糾纏地熟睡，有時也會在一天半天中完完全全地忘記所發生的事情。他不去想未來，如果說他還有什麼渴望和願望的話，那麼就是停留在此處，讓這位瑜伽僧人將他領入隱居生活中，使他成為隱士的一分子，使他也成為一名瑜伽修士，分享瑜伽修行的物我兩忘、超然於世的境界。

他開始經常模仿可敬的長老的姿勢，想學他的樣子將腿盤起來，紋絲不動地端坐著，想著如他一樣能夠看見那個未知的、超越現實的世界，能夠對他周圍的事物泰然處之。但他不一會兒就覺得很疲乏，四肢僵硬，腰痠背痛，又無法忍受蚊蟲叮咬而造成的皮膚瘙癢的感覺，這一切都迫使他動個不停，或者伸手去撓，或者乾脆重新站起身來。

達薩當然也有幾次不一樣的感受，他感到自己變得空靈，變得輕盈，懸浮起來，就像是在一些夢中出現的那樣。在夢中，人們會越來越輕地接觸地面，緩緩地脫離地面，就像是一團羊毛般飄起來。在這樣的瞬間，他隱隱約約地知道持續飄浮著將會是一種什麼樣的感覺，感覺到自己的軀殼和靈魂都擺脫了重力，飛升進入一種更廣闊、更純粹的、充滿陽光的生活，被提升、被吸入一種彼岸的、無時限的和永恆不變的空間中。但這僅僅停留在瞬間，僅僅是一種隱隱約約的感覺。他很失望地由這樣的瞬間又回到現實中，他想著自己一定要拜高僧為師，讓他來教他靜修，教他知曉此中的方法訣竅，將他也變成瑜伽僧人。但又該怎麼開口呢？那老人家看起來一直對他視而不見，好像跟他說話的時機並未到來。老僧人就像是置身於時日之外，置身於森林和茅屋之外，當然也置身於言語之外。

他有一天總算是說了句話。有一段時間，達薩又一夜一夜地做著噩夢，夢境十分混亂，夾雜著十分甜美和十分痛苦的碎片，時而夢見他的女人普拉華蒂，時而夢見逃亡生活的種種恐懼。白天他的靜修也沒有任何進展，沒法安靜地坐下來，也沒法靜修，不自覺地想著他的妻子和愛情，他又在樹林中不安地來回走動。有可能是這段時間的惡劣天氣造成的，那幾天確實悶熱，連風都是熱的，令人煩躁。這一天的天氣又是如此糟糕，蚊蟲成群亂舞。達薩在頭一天夜裡又做了一個噩夢，第二天他心裡恐慌，心情沉重。他已經記不清夢的具體內容，但這個夢又將他可悲地拋回到從前那種生活狀態。一整天他都圍著茅屋來回走動，或者臉色陰沉不安地蹲著，一會兒拿起這，一會兒拿起那。他有好幾回試著進入冥思狀態，但隨即又進入一種內心狂躁的狀態，他覺得四肢奇癢難耐，就像是螞蟻在他的腳面上爬，他的脊背上像是有團火在燃燒，他一刻也忍不住，有些膽怯和羞愧地悄悄地朝老僧人望去，老人以完美的靜坐姿態端坐著，雙目反觀內心，臉上是一副令人肅然起敬的表情，神態靜穆開朗，猶如一朵盛開的花朵浮現。

就在這一天，當瑜伽僧人起身走向茅屋時，這個時刻達薩等得很久了，達薩不但鼓起勇氣擋住他的去路，而且還怯生生地說出了自己的想法。他說：「尊敬的長者，請原諒我擾亂了你的清淨。我在尋找平靜，尋找安寧。我想像你一樣生活，想成為像你一樣的人。你看，我還年輕，但是我卻不得不經歷了許多痛苦，命運對我非常殘酷。我身為王族，卻被驅逐去當牧人，我像一頭小牛犢那樣開心健康地成長，心地純潔無邪。而後我開竅看到了女人，我看到最美的女人時，我把我的整個生命都獻給她，聽從她驅使，我如果得不到她，我活不下去。我離開了所有的夥伴，離開了牧人朋友，只是為了追求普拉華蒂，我得到了她，我當了女婿，整日勞作。但普拉華蒂是我的，也愛我，或者說只是我覺得她愛我，每個夜晚我都投入她的懷抱，躺在她的心口上。你看，有一天國王來到那個地方，正是因為此人，我在年幼之時便被驅逐，偏偏正是這人來了，還奪走了我的普拉華蒂，我得眼睜睜地看著她投入了他的懷抱。我經歷的最大痛苦莫過於此，他徹底地改變了我的生活。我打死了國王，我殺人了，我曾經過著罪犯和逃犯的生活，到處都在追捕我，在我來到你這裡之前，我的生活中沒有一刻是安寧的。尊敬的長者啊，我是一個蠢人，是個殺人犯，可能他們還會抓住我，將我大卸八塊。我受不了這樣可怕的生活了，我真不想活下去了。」

瑜伽僧人垂著雙眼，安靜地聽完了他的宣洩。現在他抬起雙眼直視著達薩的臉，他的目光明亮、尖銳、清澈，簡直讓人無法承受。他端詳著達薩的臉，思索著他的急急的敘述，他的嘴角慢慢地浮現了一絲微笑，隨即又大笑起來——一種無聲的大笑。老僧人搖搖頭，笑著說道：「瑪雅！瑪雅！」

達薩完全困惑了，他滿臉羞愧地站在那裡。老僧人則在就餐前徑直走入了羊齒植物叢間的那條小路，在那條小路上來回走著，走了幾百步之後，又回到他的茅屋，他的面部表情又回到原先的常態，仿佛與現象世界無關。剛才的大笑是什麼意思呢，那笑容可是來自那張對可憐的達薩毫無表情的臉啊！達薩想了又想。那笑容究竟是善意的還是嘲弄呢，達薩在絕望地坦白、在祈求幫助，他卻如此大笑，這笑容是在安慰還是在審判；是神性的還是魔性的；是一個漠然的老人的譏諷，根本不值得去認真對待，抑或是一位智者對陌生人的愚蠢的譏笑；是一種拒斥，一個告別，要趕他走，或者是對達薩的一個建議，一個要求，讓達薩學他，一同開懷大笑。他猜了半天也沒猜透。

直至深夜他還在想著那個笑聲，對這個老人來說，他的生活、他的幸福與悲苦都成了一種值得大笑的事物。他的思路圍繞著這個笑聲在刨根問底，腦子裡在反覆咀嚼著這笑聲就像在咀嚼著一塊樹根，樹根饒有滋味，發出芳香。他同時也在咀嚼著老人大聲喊出的那個詞，老人在說的時候那麼開朗，表情那麼滿足，這著實令人費解：「瑪雅，瑪雅！」這個詞大概是什麼意思，他似懂非懂，老人笑著喊出這個詞的神態，似乎也大有深意。瑪雅，這就是達薩的生命、達薩的青春、達薩的幸運與不幸，瑪雅就是美麗的普拉華蒂，瑪雅就是愛和欲，瑪雅就是整個生命，是達薩的生命和所有人的生命，一切在這位瑜伽老僧人眼中都是瑪雅，都是一種兒戲，是一齣戲、一次演出、一種臆想，是斑斕外表下的虛無、一個肥皂泡，是可以開心地一笑置之之物，可以蔑視嘲笑的東西，但切切不可認真對待。

對瑜伽老人而言，他可以笑一下，或者說一聲「瑪雅」，就把達薩的生活完全擱置在一邊，但達薩本人卻沒法這樣做，雖然他也很想成為對一切都能一笑置之的瑜伽僧人，並且能夠把自己的人生看作不過是瑪雅世界。但自從經過了這幾個寢食難安的日夜，以前所經歷的一切又都歷歷在目，他原先還以為筋疲力盡地逃到這裡後他已經把那些經歷幾乎都忘掉了。他覺得真正學會瑜伽技藝，或者甚至像那位老人一樣去進行瑜伽修煉，實現這個願望真是希望太渺茫了。如果是這樣，那麼他留在這片林子中還有什麼意義呢？這裡曾是一個避難所，他在這裡得以喘息，養精蓄銳，也逐漸恢復了神志，這一切都很要緊，已經給予他很多了。也許在這段時間裡，已經停止在全國範圍內搜索弒君的兇手了，他或許可以沒有什麼危險地繼續流浪。他決定這麼做，覺得第二天就離開這裡，世界這麼大，他也不能總是蟄居在一個角落。這個決定讓他心頭平靜了下來。

他原想一大清早就走，但他睡了一大覺醒來時，太陽已經升得老高了，瑜伽老人已經開始靜修了。達薩不想不辭而別，因為他還有事情要對他說。於是他等了一個小時又一個小時，直至老人站起身來，活動四肢，開始來來回回地走動。

達薩攔著他的路，深深地鞠躬，直到老人家停下了，用詢問的目光看著他。「大師！」他謙卑地說道，「我要接著往前走了，我將不再打擾你的清靜。但是，最尊敬的長者，請你允許我再向你提一個請求吧。在我對你講述我的生活時，你笑了，喊著『瑪雅』。我請求你，跟我說說瑪雅吧。」

瑜伽僧人轉身走向茅屋，他用目光示意達薩緊跟著他。長者拿起水瓢，將它交給達薩，讓他淨手，達薩順從地照辦。長者將水瓢裡的水澆在羊齒植物叢中，把空水瓢遞到年輕人手中，令他去取些新鮮的水來。達薩聽從了長者的要求，跑去取水，惜別的感覺讓他的心在抽搐，因為他這是最後一次走過小路去取水，最後一次用這個邊緣已經磨得很光滑的水瓢來到這個水面如鏡般平靜的小水潭邊，來到這個經常有麋鹿前來飲水的水潭，這個倒映著樹冠，灑著細碎光斑，映著可愛藍天的地方，這個在他彎下腰時在淺棕色的黃昏光線中最後一次倒映著他自己的臉龐的水面。他慢慢地將水瓢摁到水中，憂思重重，他感到一絲不確定，他自己一時想不清楚個中緣由，弄不清他為什麼覺得這一切十分奇異，為什麼他既然已經決定離開，卻又如此戀戀不捨，依依惜別，老人家並沒有挽留他，沒讓他永遠留下來，這讓他心頭有幾分痛楚。

他蹲在水潭邊，掬起一捧水喝了，盛滿一瓢水，小心翼翼地站起來，避免將水灑出來，想抄近道走回去，這時一個聲音傳到他的耳際，這個聲音讓他驚喜交加，這就是那個他在夢中常常聽到的聲音，他睡不著時苦苦思念的聲音。那聲音甜美無比，穿過黃昏中的樹林傳來的聲音甜美、天真爛漫，滿是愛戀，充滿誘惑。他的心在戰慄，聽到這聲音他驚喜交加。正是普拉華蒂的聲音，他的妻子的聲音。「達薩！」她在召喚他。他難以置信地四周張望，水瓢還拿在手中。看，她在樹幹間出現了，苗條柔軟，雙腿修長，正是她，普拉華蒂，他深愛的女人，無法忘懷的女人，不忠的女人。他手中的水瓢跌落，朝著她奔去。她微笑著，有些愧意地站在他的面前，用那雙鹿眼般的大眼睛凝視著他，他走近了才看清，她腳上穿著紅色的皮涼鞋，身著華美富麗的衣物，臂上的金手鐲閃閃發光，烏黑的頭髮上閃爍著各種價值連城的寶石光芒。他不禁停下腳步。難道她現在還一直是王妃？他沒把那拉給打死？她還一直戴著他送的首飾到處亂跑？她怎麼穿金戴銀的突然出現在自己面前，還不停地喊著自己的名字呢？

然而她比以前更美麗了，他來不及興師問罪，就情不自禁地把她擁入懷中，把自己的額頭埋在她的黑髮中，捧起她的臉親吻她的嘴。他感到他從前擁有的一切又都回到他身邊，又成為他的了：他的幸福、愛情、愛欲、生活樂趣，還有激情。樹林、年長的瑜伽隱士，一時間全部被他拋在腦後。什麼森林、隱居、冥思和瑜伽，早就被他丟到九霄雲外。原本應當帶回去的老人的那只水瓢他也完全拋卻了。那水瓢就丟在泉水邊，他看到普拉華蒂時就徑直奔了過去。她急切地告訴他，她究竟是怎麼到這裡來的，到底發生了什麼事。

她說的一切都令人驚奇不已，令人欣喜，簡直如童話一般，而達薩也童話般神奇地進入了他的新生活中。不僅僅是普拉華蒂又成為他的了，也不僅僅是那個他深惡痛絕的那拉死掉了，也不僅僅因為對兇手的追捕暫停了，而是因為這位一度淪為牧人的王族兒子在城中被宣布成為合法的繼承人和王族，一位年老的牧人和一位老婆羅門將他當年被放逐的故事重新回憶起來，弄得婦孺皆知，正是那個殺害那拉的兇手，人們四處尋找的殺害那拉的兇手，就是那個要其繩之以法的兇手，現在全國找他的人就更多更積極了，這次是要將他摁在王的寶座上，讓他當國王，要讓他熱熱鬧鬧地回到他父親的城池和宮殿中。

就像是在做夢，這個喜出望外的人覺得最興奮的是，在那些四處流蕩傳遞這個好消息的人中，恰恰是普拉華蒂找到了他，首先問候了他。他在森林看到一些帳篷，還聞到燒烤野味的香氣。普拉華蒂的侍從們興高采烈地高聲歡迎她，她隆重推出她的夫君達薩後，開始了盛大的節慶活動。人群中有個達薩先前當牧人時的夥伴，正是他把普拉華蒂和隨從帶到這個達薩從前生活過的地方來。這個男子開心地笑著，他認出了達薩，朝他跑過去，但是他的夥伴如今成了國王，他跑著跑著放慢了腳步，挪不動步子了，隨即恭恭敬敬地慢慢往前蹭了幾步，深深地彎腰鞠躬問候國王。達薩扶起他來，讓他平身，輕聲呼喚著他的名字，問他想要點什麼。牧人想要一頭小母牛，於是送了他三頭國王牧場中最好的母牛犢。

被引見給新國王的人越來越多，高官、狩獵總管、婆羅門祭司，達薩接受著他們的覲見。豐盛的宴會開始了，宴會上鼓樂齊鳴，鼓樂聲、琵琶曲、笛子聲循環交替。這節慶的場面奢華無度，人聲鼎沸，對達薩來說，就像是一場美夢，他簡直無法相信這一切。對他來說，只有摟在他懷裡的普拉華蒂，他的年輕妻子的嬌軀是真實的。

經過幾天行進，王室的大隊人馬浩浩蕩蕩地接近都城。傳令兵被遣派先去報告這個好消息：新國王找到啦！目前正在返京途中。當都城出現在視野中的時候，城裡已是鑼鼓喧天，熱鬧非凡。一隊身著白色節日禮服的婆羅門前來迎接國王，走在隊列最前端的是華蘇德瓦的繼任者。當年，大概在二十年前，就是華蘇德瓦把達薩送到牧人那裡去，而他不久前去世了。他們前來歡迎國王，唱著頌歌，把他帶到宮殿前，在那裡點著幾個巨大的火堆用以祭祀。達薩被前呼後擁地迎接到他自己的宮中。在這裡，人們也同樣熱烈地歡迎他，祝福聲、道賀聲接連不斷。宮外全城沉浸在一片歡樂的海洋中，喧鬧聲直至深夜。

接著兩個婆羅門每天專門為達薩授業，他在很短的時間裡學會了必備的知識，參加並觀察祭祀、頒布法令、演練騎射和征戰的技藝。一位婆羅門長者高帕拉為他講授政治。他為達薩講解，達薩本人、他的家庭、他家庭的權力，他未來的兒子們的權益，他有什麼樣的敵人等等。頭號敵人是那拉的母親，她從前褫奪了達薩的王子權力，還想要他的命，這個女人現在認定達薩就是殺害她兒子的兇手，一定對他恨之入骨。她現在逃走了，逃到鄰國格文達國王那裡，住在他的宮殿裡。格文達國王及其家族是個十分危險的世仇，歷史上他的家族與達薩的祖先打過仗，並且對達薩王國的某個部分提出過領土要求。而南部的一個鄰國，迦巴利國王與達薩的父親有深交，關係友好，他與已經斃命的那拉十分不合，所以帶著禮物去拜訪這位迦巴利國王、邀請他一起去狩獵，是達薩的一項重要義務。

普拉華蒂很快就完全進入了貴族婦女的角色，她出入都擺出王室的排場。她身著華服，戴著首飾，看起來風姿綽約，美貌動人。她在舉手投足間就好像和她的丈夫一樣，都出身王族似的。他們愛情甜美，就這樣年復一年地幸福地生活在一起。他們的幸福賦予他們一種特別的光彩，那些深受神祇恩惠的人才會散發出這樣的光彩，他們由此深受自己的臣民的崇敬和愛戴。在達薩期盼了很久之後，普拉華蒂為他生下了一個小王子，他為他取了孩子祖父的名字拉華納，現在他幸福圓滿。他所擁有的土地、權力、房舍、畜群、奶倉、牛馬等，在他眼裡有了雙重的重要意義，散發出更加耀眼的光芒和價值。以前他開心地擁有這些家財和產業，因為可以奉獻給普拉華蒂，向她提供錦衣玉食、華服美飾；現在這些財富可以作為遺產和兒子未來幸福的保障，這些財富就讓他覺得更美好、更開心、更重要了。

普拉華蒂十分享受各種節慶宴會、華服美飾、富麗堂皇的裝飾擺設，享受僕從成群、前呼後擁的生活。而達薩在他的花園裡找到了更大的樂趣，他讓人在花園裡種下奇花異草、名貴樹木，也讓人在花園中養些鸚鵡等色彩斑斕的珍禽異獸，親手餵食鳥兒，與鳥兒攀談，成了他日常生活中必不可少的活動。他對學問的興趣也很濃厚，他對婆羅門老師充滿感恩之情，從他們那裡學了不少詩句和格言、閱讀和書寫的技巧。他聘用了一名書記員，此人能夠將棕櫚葉片改造成適合書寫的材料。在他的手中，一個小小的圖書館誕生了，圖書館的牆壁用珍貴木材裝飾，木材雕成仙界生活的圖案，有些圖案還貼上了金箔，圖書館收藏著大量書籍。

他把婆羅門祭司中學問最好的學者和智者請到這個珍貴的小小空間裡來，讓他們就神聖事物進行討論，他們討論創造世界，討論毗濕奴的瑪雅世界，討論神聖的吠陀典籍，討論獻祭的力量，討論遠甚於獻祭的贖罪的力量，一個肉體凡胎的普通人通過贖罪的力量就可以讓諸神在他面前因敬畏而戰慄。那些口才最好、能言善辯、能夠嚴絲合縫地進行論證的婆羅門辯士可以得到相當可觀的禮物，有的在辯論獲勝之後牽走了一頭小母牛作為獎品。有時看著這些婆羅門祭司得意揚揚地吹噓自己獲得的獎品，甚至由於獎品而彼此不服氣、相互嫉妒而爭吵不休，真是讓人覺得又好笑又感慨，因為這些大學者剛剛念完吠陀經典裡的警句格言，或者剛剛展現出對浩瀚的知識海洋的無所不知。

國王達薩坐擁著財富、幸福、花園、書籍，但他覺得人類生活及人類本身所擁有的這些或那些東西，其實跟那些婆羅門僧人一樣，看著既令人感慨又可笑，既明智又昏庸，既令人嚮往又使人棄之如敝屣。達薩凝視著花園小池塘裡開放的荷花，欣賞著孔雀、山雞和犀鳥的閃閃發光、五顏六色的羽毛，看著宮殿裡貼上了金箔的木刻，有時他覺得這些東西具有神性，就有如閃射出永恆的生命一般，而在另外一些時候，他覺得在這些物件中有一種不真實、一種不可靠、一種十分可疑的東西，他感受到一種轉瞬即逝的消亡氣息，一種墮入混亂的意願。就像他自己，國王達薩，曾經是王子，忽而就成了牧人，旋即又淪為殺人犯、流浪漢，如今回歸國君的身分，這一切由冥冥中的一種力量所推動、所引導，根本不知明天或者後天會出現什麼。生命的瑪雅遊戲也是這樣，在各個地方都蘊含著高貴與低賤、永恆與死亡、偉大與可鄙。即便是他的愛人，那麼美麗的普拉華蒂，有幾次在某些瞬間也失去了魅力，變得可笑不堪，她的胳膊套上了太多的鐲子，眼睛裡流露出過多的傲慢和自得，為了顯示尊嚴，她的步態過於做作。

他熱愛自己的幼子更甚於花園和那些書籍。在他的心目中，兒子使自己的愛和存在得以圓滿。在兒子身上，他傾注了無限的柔情和關注。這是一個稚嫩的美麗男孩，一個真正的王子，長著一雙酷似母親的又黑又大的鹿眼，像他父親一樣喜歡沉思和耽於幻想。有時，當達薩看著這個小人兒在花園裡久久地佇立在一棵美麗的觀賞樹下，或者看著他蹲在地毯上，看著他在觀察一塊石頭或者端詳一件雕刻出來的玩具，或者全神貫注地看著鳥的羽毛，眉毛微微揚起，他安安靜靜，目不轉睛地看著，每當這種時候，達薩就覺得兒子十分像他。達薩直到第一次必須和他分別，而且不知多久才能再次見到兒子時，他才意識到，自己是多麼愛著兒子。

一天，一名信使從與格文達接壤的邊境疾馳而來，送來緊急情報，格文達的士兵侵入邊境，搶走牲畜，抓住並擄走了不少人。達薩毫不遲疑地做好準備，立即帶著宮廷衛隊的軍官和騎兵還有數十匹馬出發，準備開始追剿進犯的強盜，當他把幼子擁在懷抱中吻別時，他的愛子之情灼痛了他的心。這種烈焰般的疼痛，著實讓他自己也感到驚訝，就像是一個來自未知領域的警示。在漫長的途中，他一直在思索著這個問題，終有所悟。

他騎在馬上思忖著，他究竟出於什麼原因坐在這匹馬上呢、他為何又這般毫不猶豫地疾馳奔向那個地方；究竟是什麼力量促使他去做這樣的事情，去進行這樣的努力。他細細地思索著，最後終於認識到，其實在他內心深處並不那麼在意在他國家的某段邊境上，牲畜被搶、人員被劫，這些強盜行徑和對王權的侵害都不足以燃起他的心頭怒火，不足以讓他去行動，其實如果當時聽到牲畜被搶的消息時，露出同情的微笑，或許更符合他的性格。但他很清楚，他如果這樣做，一定會十分對不起竭盡全力急急趕來的信使，也同樣對不起那些被搶劫、被抓捕、被擄走，因而離開了家鄉、離開了平靜安寧的生活，而要在異地為奴的那些人。是的，如果他放棄用戰爭來報復，他將會對不起他的所有臣民，雖然有些臣民毫髮未損。他們將無法忍受，也會百般不解，他們的國王為什麼不去更好地保護自己的國家，如果是這樣，他們中的任何一人將來在遭遇暴力時，也就不再能夠指望國君出來報仇雪恨。他認識到，去進行報復這是他的責任。但是，究竟什麼又是責任呢？又有多少責任被我們經常不為所動地撇在一旁？而這個復仇的責任怎麼就是不能漫不經心地對待、不能耽誤的那種責任？為什麼就不能隨隨便便、滿不在乎地去做，而必須要全力以赴，要傾注所有的熱情與精力？

他剛剛提出這個問題，自己就立刻在心裡給出了答案，這時他的心又在疼痛地抽搐著，就跟和拉華納王子告別時的感覺一樣。他現在認識到，如果國王在牲畜遭搶、臣民被擄走時，不進行必要的反抗，那麼搶劫和暴力行徑會從國家的邊境地區慢慢地推進，最後敵人會直接站在他的面前，會觸動他的那個痛感最強烈的地方：他的兒子！他們會搶走他的兒子、搶走他的繼承人，會搶走他、殺死他，有可能折磨著殺掉他，這是他所能經歷的最極端的痛苦，遠甚於普拉華蒂的死，比她的死要痛苦得多。正是因此，他策馬奔向邊境；也正是因此，他是一個忠於職守的國王。他並不在意牲畜和土地的丟失，也不是出於愛民之意，同樣不是要弘揚父王的威名，而是完全出於對兒子的那種強烈到內心疼痛、不近常理的愛，出自那種強烈的極端擔憂，擔心失去這個孩子會造成他慘絕人寰的痛苦。

他在馬背上邊騎邊想，得到了這樣的領悟。他並未能抓到格文達的手下，沒能懲罰他們。他們帶著搶來的東西逃脫了。但為了展現他的堅定意志，證明他的勇氣，他現在必須自行越過邊境，去摧毀鄰國的村莊，去搶奪一些牲畜和人員回來。他離家征戰多日，在得勝回朝的途中卻又陷入了沉思，他變得非常安靜，有些悲哀地回到家中。因為他通過思考認識到，他自己已經完完全全地落入一張陰險的網中，被網給緊緊地裹挾著，絲毫沒有任何掙脫的希望，他的整個天性和所有行動都陷入這個網中。一方面，他天生喜歡沉思，他對安靜觀察的需要，對無所作為、純潔無瑕的生活的需要在不斷地增長；另一方面，他對拉華納的愛、對他以及他的生活和未來的擔憂與不安也在與日俱增，這種擔憂與不安促使他不斷地去行動，不斷地捲入爭端，對孩子的柔情演變為爭鬥，由愛而產生戰爭。他已經搶了一個畜群，讓一個村莊戰戰兢兢，用暴力把那些可憐的、無辜的人給擄走，雖然這在當時只是為了公平，出於報復這麼做的。但由此必定又會演變發生新的報復和暴力行為，由此循環往復，直到他的整個生命和整個國家可能只剩下戰爭和暴力，充滿著武器的喧囂。這個認識或者說是幻覺，使他在返回途中變得沉默寡言，看起來十分悲哀。

事實上，那個敵對的鄰國一直在不停歇地挑釁。鄰國一而再、再而三地進行侵擾和掠奪。達薩必須不斷地出征去懲罰，進行反擊，如果敵人逃脫，那麼達薩就只得容忍手下的士兵和獵人去禍害鄰國。在都城裡，越來越經常可以看到騎著馬佩帶武器的士兵；在邊境村莊中，也一直有士兵駐守。軍事會議和戰爭前的準備讓日子變得十分不太平。達薩怎麼也看不出，這種沒完沒了的小摩擦、小爭鬥究竟有什麼意義。那些被捲入戰爭的人的痛苦讓他很痛心，同樣他也為喪失生命的人感到悲哀，他為那些他越來越沒有工夫去欣賞的花園和書籍感到惋惜，為失去他那和平日子與心中寧靜感到憂傷。達薩常常向婆羅門僧人高帕拉訴說自己的憂思，跟自己的妻子普拉華蒂也談過幾次。他說，大家應該努力恭請一位德高望重的鄰國國君來公正仲裁，來呼籲和平。就他自己而言，他願意通過讓步，讓出幾片草原和村莊以換取和平。但不論是婆羅門還是普拉華蒂都完全聽不進去他的這個建議，這使他感到很沮喪。

達薩與普拉華蒂的觀點相左，造成了激烈的爭吵，他積極而熱切地向普拉華蒂解釋他的理由和想法，而她也對她的想法慷慨陳詞，言辭激烈，她說達薩的善意軟弱與熱愛和平（姑且不說他害怕戰爭）恰好正中敵人下懷，敵人會從中獲得好處，達薩會一而再、再而三地被迫簽署和約，而且每次都要付出一小塊土地及百姓作為和平的代價，敵人的胃口永遠填不滿，而達薩的王國一旦衰弱到一定程度，敵人就將開始公然全面開戰，搶走達薩的最後一點財富。普拉華蒂說，這並不僅僅事關畜群和村莊，不僅事關優勢和劣勢，而是事關全局，事關生死存亡。如果達薩弄不明白，他為自己的榮譽、為自己的妻兒應當去做點什麼，那麼她普拉華蒂就必須教他去做。她的雙眼噴射著火焰，聲音在顫抖。他很久以來都沒有看見她如此美麗，如此慷慨陳詞，但他卻感到了悲哀。

這段時間裡，邊界衝突不斷發生，平靜一再被打破，只有到了雨季期間，敵方才暫停騷擾。達薩的宮中現在分為兩派，一派是主和派，這個派別人數不多，除了達薩本人之外，還有少數幾位年長的婆羅門，幾位學識豐富的沉浸於冥思打坐的男子也屬於這一派。主戰派以普拉華蒂和婆羅門僧人高帕拉為主，大部分祭司和所有的軍官都站在這一派。全國上下努力備戰，大家都清楚鄰國也在做著同樣的事情。狩獵總管親自教男孩拉華納射箭，他的母親每次去檢閱部隊時都會帶著他。

有時達薩會回想起他還是個可憐的逃犯時在森林裡度過的那段苦日子，想起那位白髮蒼蒼的老人，那位過著冥思苦修生活的隱士。達薩時常不由自主地想起他來，感到內心有一種渴求要去找他，再次見到他、再次聆聽他的意見。

但他不知道那位老人家是否還活著，是否會傾聽他的訴說，是否還願意給他意見。如果他還健在，還樂意提出建議，那麼一切都會井然有序地繼續進行下去，根本不必去進行什麼改革。沉思與智慧是優良而高貴的事物，但它們似乎只能在生命的邊緣，誰還在生命的洪流中搏擊、還在與生命的波濤抗爭，那麼他的行動和痛苦與智慧並無關係。行動和痛苦不斷產生，是一種命運，必須承擔和經受。就算是諸神也並不生活在恆久的和平和永恆的智慧之中，他們也認識危險和畏懼，知道征戰和廝殺，達薩從眾多的講述中了解到這些。因此達薩妥協了，不再與普拉華蒂爭吵，也策馬去檢閱部隊，眼見戰爭在逼近，在夜間不安的睡夢中預先感受到了戰爭。達薩眼見著他生命中的幸福和歡樂日益枯萎消逝，他的身形也日漸消瘦，臉色越發暗沉，只有他對男孩的愛沒有任何改變。隨著他的擔憂、隨著擴軍備戰、隨著部隊的操練越來越頻繁，這種愛就像是他荒蕪枯萎的花園中那朵紅豔燃燒著的花。他自己都覺得奇怪，一個人究竟能在多大的程度上忍受生命的空虛和了無樂趣，能夠多麼迅速地習慣擔憂和了無興致。同時，他也覺得奇怪，在一顆似乎變得毫無激情的心中，那種揪心的擔憂和充滿憂慮的深愛卻竟然占據了整個內心，在心裡燃燒，在心裡綻放。就算他的生命是毫無意義的，但是他的這個生命並非沒有中心與內核，生命中的一切都圍繞著他的兒子。因為他每天為兒子而起床，一整天忙忙碌碌，不知疲倦，殫精竭慮，而這麼做的目的卻是他最為深惡痛絕的戰爭。為了兒子，他每天以極大的耐心主持將領們的軍事會議，盡最大努力阻止大多數將領的決議，讓他們先觀望一下，而不是不假思索地立即投入戰爭冒險中去。

他的花園、書籍，這些往日裡的生活樂趣都漸漸地離他而去、對他不忠，他同樣也不再忠於它們；與此相應，這些年他生命中的幸福和樂趣也淡出了他的生命，不再忠於他。這一切變化都是由政治而起，當時普拉華蒂對他大放厥詞，認為他不願意打仗奢談和平是因為他太怯懦。同時她滿臉漲得通紅，滿懷激情地說起了王族的榮譽、英雄氣概以及他們經受過的屈辱。這番話讓他深感震驚，他猛然意識到妻子與自己的巨大差距，或者說他與妻子的差距，這一認識令他頭暈目眩。從那時起，他們之間的鴻溝就越來越大，並且還日益擴大著，但他們兩人都沒採取任何行動去阻止這種狀況。尤其是達薩，他其實應當去做一些工作進行彌補，因為實際上也只有他能看清楚這道鴻溝，在他的認知中，這鴻溝已經成為人世間最深的鴻溝，成為男人和女人之間最深的鴻溝，成為是與否、靈魂與肉體之間最深的鴻溝。

達薩回顧自己的生活，覺得一切都清晰地浮現在眼前：當年的普拉華蒂是多麼風情萬種、火辣迷人，令他不能自拔地愛上她，而她又是如何玩弄他的情感，直到他告別與自己一起放牧的同伴和牧人，告別那種無憂無慮的快樂的放牧生活，僅僅因為她而心甘情願地獨自來到異地，為她家辛苦勞作，成為這個人家的女婿，這家人利用了他對普拉華蒂的愛戀，讓他為他們一家沒日沒夜地幹活。後來那拉出現了，達薩的不幸也接踵而至。那拉占有了他的妻子，極度奢靡的國王用華服、大帳篷、駿馬和成群的僕從勾引走了他那貧寒的對奢華還根本沒有概念的妻子，可想而見那拉勾引普拉華蒂時沒費多少心血。但是，如果她在內心深處是忠誠堅貞的，那麼他還真的能夠這般易如反掌地將她迅速弄到手嗎？那拉引誘了她，或者乾脆占有了她，讓他陷入一種有生以來最為痛苦不堪的境地之中。

但是他，達薩，他報仇了，他把這個盜走他幸福的賊殺死了，報仇讓他一時間品嘗到了勝利的狂喜。但是事畢不久，他就必須踏上亡命天涯之路。一天又一天、一週又一週、一月又一月地躲在樹叢和沼澤中度日，人人皆可追殺他，沒有任何人值得他相信。而普拉華蒂在這段時間裡又在做些什麼呢？他們倆之間從不談論這個話題。可以肯定的是，她並沒有隨他一起去逃亡，一直到他因為自己的身世被公布為新國王之時，她才開始找他，也找到了他。她需要他，與他共登王位，並且跟著他一起入宮。她那個時候才出現，她把達薩從樹林中，從那位可敬的隱士身邊給帶走了。人們為他穿上華服，讓他當上了國王，但這一切都是虛妄的榮譽和幸福，但說實話，他當時捨棄了什麼，又因此換來了什麼呢？他換來了國王的榮耀和義務，這些義務剛開始的時候還算容易，可是漸漸地變得越來越沉重，他再次得到了他美麗的妻子，和她一起度過甜密時光，得到了兒子，對兒子的疼愛、對兒子的性命和福祉與日俱增的憂心忡忡，以至於他們現在面臨著戰爭。

這一切都是普拉華蒂自從在樹林中的泉水旁找到他的那一刻起為他帶來的。而他又為這些付出了什麼，放棄了什麼呢？他捨棄了樹林中的寧靜，放棄了虔誠的獨處靜修，他失去了與一位瑜伽聖者相伴為鄰，以他為榜樣的機會，捨棄了成為聖者的門徒和接班人的機會，捨棄了智者的深邃、澄明和堅不可摧的靈魂安詳境界，捨棄了從生活的爭鬥和激情中得以徹底解脫的機會。普拉華蒂的美貌引誘了他，他陷入了女人的羅網之中，受到她們的虛榮的侵染，他偏離了唯一能給他帶來自由和安寧的道路。此時此刻，他到眼下為止的生命歷程在他看來就是這樣，而且實際上他的生活也只能這樣來看。這樣來看他的生活，只需要稍作粉飾或者刪減，其中要減掉的一些東西是，他根本還不是那位隱士的門徒，他當時正打算要再次自行離開那位隱士。在回顧往事時，有些事情往往記得不那麼真切。

普拉華蒂看事情的視角完全不同，雖然她不會像她的夫君那樣陷入這樣的苦思冥想中。與此相反，在她看來，她覺得如果她的回憶真切，只有她一人為達薩奠定了幸福的基礎，為他帶來好運，是她讓他又成為國王，送給他一個兒子，讓他沉浸在愛和幸福之中，但最終她發現達薩根本就配不上她的雄才大略，更配不上她的宏偉計畫。因為她清楚，將要到來的戰爭只會消滅格文達，她的權勢和財富將因此增加一倍。達薩卻不樂意，不去積極努力地全心投入其中，她覺得，他全然不像一位君主，竟然反對戰爭和征服，對他來說最好能夠用鮮花、樹木、鸚鵡和書堆來消磨時光。騎兵統領維什瓦米特拉就是一個完全不一樣的男人，與她一樣，此人也是一個狂熱的主戰派，一直主張馬上打一場戰爭，而且對勝利信心滿滿。只要將達薩和他相比，野心勃勃的普拉華蒂自然會覺得後者更勝一籌。

達薩眼睜睜地看著自己的女人和維什瓦米特拉湊到了一起，相互傾慕，她對此人那麼崇拜，也欣然接受對方的愛慕。她仰慕這個明朗、勇敢，或許有些膚淺，不那麼聰明的總帶著開朗笑容的軍官，他大笑時露出結實整齊的牙齒，梳著整整齊齊的鬍子。他帶著痛楚，同時帶著蔑視、帶著一種嘲弄的自欺欺人的無所謂態度注視著這一切。他並沒有去窺視，也不想知道這兩人之間的情誼是否還維持在許可和正派的範圍之內。他能夠看出普拉華蒂對這個年輕騎手的愛戀，她在舉手投足中表明她明顯更愛這個騎手而不喜歡過於怯懦的丈夫，而這個丈夫雖然在表面上對這樣的舉止無動於衷，在內心深處卻酸溜溜地看著這一切，他已經習慣了用這種態度來看待周圍發生的一切事情。妻子看來決定要去做的事情，是否是不忠或者背叛，或者只是一時間要以此來表達一下對達薩思想的不屑？事情正愈演愈烈中，就像是一場戰爭或者一個厄運一般迎面撲來，沒有什麼手段能夠阻止其擴散，除了承受和泰然處之的態度之外沒有什麼更好的辦法。達薩這類男子的男性氣概與英勇情懷主要表現在有擔當，而不是在於進攻與征服。

現在無論普拉華蒂與騎兵統領之間的相互傾慕是否還維持在道德許可的範圍之內，他很清楚，不管怎麼說，普拉華蒂的過失要小於他本人的過失。他，達薩，作為思考者和懷疑論者，雖然很傾向於在普拉華蒂那裡尋找過失，以便解釋他們倆幸福不再，或者認為她要對他被捲入這一切負主要責任，是她將他推入愛情，捲入虛榮、復仇和掠奪行動。是的，他認為這個女人、愛欲還有他的性欲要為這世間的一切負責，為狂歌勁舞、為情欲的追逐與渴求、為通奸、為死亡、為謀殺、為戰爭負責。但他也很清楚，普拉華蒂並沒有什麼過失，也不是這一切的緣由，而且她本人也是受害者，她的美貌不是自己製造出來的，他對她的愛也不是她刻意造成的，她不必為這些負責，她不過是陽光中的一粒微塵，是洪流中的一朵浪花。而擺脫女人、擺脫愛情、擺脫對幸福與虛榮的追求，這本來完全是他自己的責任，他應當成為一個心滿意足的牧人，或走上瑜伽的神祕道路來擺脫自身的極難克服的障礙。

他自己卻耽誤了，沒有做到這一點，他或者並不肩負偉人的使命，或者並未忠於他的使命。他的女人覺得他就是一個懦夫，其實說得還是有一定道理的。她還給了他一個兒子，一個漂亮嬌嫩的男孩，他為這個孩子殫精竭慮，這個男孩的存在賦予他自己的生命以意義和價值。這孩子給他帶來巨大的幸福，一種既痛苦又擔憂的幸福，但這就是幸福，是他的幸福。現在他要用內心的痛苦和酸楚來抵償這種幸福，用必須參戰和面對死亡、用直面災難的意識來作為這種幸福的代價。

此時鄰國的格文達國王正在傾聽著有喪子之痛的那拉母親的教唆與蠱惑，對那拉的痛苦回憶促使這位母親這麼做。格文達越來越頻繁、越來越肆無忌憚地進行騷擾和挑釁。達薩只有與強大的鄰國迦巴利國王結盟才足以維護和平，迫使敵方簽訂邊境和約。這位迦巴利國王雖然對達薩很善意，但是他與格文達國王是親戚，因此也一再客客氣氣地避免與達薩建立這樣的同盟。災難越來越逼近，沒有任何躲避之路，對理性和人道也不能懷有任何希望，只能去承受災禍。達薩竟然有幾分期盼戰爭了，企盼蓄勢已久的電閃雷鳴，企盼一切根本無法避免的、該來的事情加速到來。

他再次去拜訪迦巴利國王，再次徒勞地恭恭敬敬地請他幫忙，徵求他的意見，請求節制和忍讓。但他早就不帶任何希望地做這一切。另外，他已經在做好武力對抗的準備了。軍事參謀會上的意見紛爭主要集中在一個議題上，究竟是等到敵方下一次入侵時再狠狠還擊，把他們趕回他們的國家去，同時回報以戰爭，還是要等到敵人開始全面主攻時再動手，這樣在民眾和世人面前證明那些人才是破壞和平的戰爭罪魁。

而敵方從來就不在意這類問題，很快結束了考慮、布局和猶豫，一天直接發起了進攻。敵方進行一次大規模的洗劫佯攻，直接把達薩和他的騎兵統領以及最精銳的騎兵往邊境引，他們正在路上時，敵人的主力長驅直入來到達薩的國家，直接兵臨達薩的國都，他們占據了城門，包圍了宮殿。達薩知道了這個情況，立刻往回趕，他知道自己的嬌妻幼子都還留在受到了嚴重威脅的宮殿中，而此時血腥的肉搏戰已經在街巷中激烈展開。達薩一想起自己的家人和他們正在此刻面臨著何種危險，他的心便會因疼痛而痙攣起來。現在他不再是那個憎惡戰爭的、小心謹慎的軍事統帥，痛苦和憤怒讓他燃燒，他與自己的士兵策馬狂奔，匆忙趕回都城，街上到處都在進行著惡戰，他殺紅了眼，殺出一條血路，直奔宮殿，一直到這個血腥的一天接近黃昏之時，他才因體力不支，渾身負傷而倒了下來。

他再次醒來時，發現自己成了一名戰俘，他們戰敗了。他的都城和宮殿都淪入敵手。他被帶到格文達國王面前，身上被綁得結結實實的。格文達國王帶著幾分嘲弄的神態跟他打了個招呼，將他引到一個小屋中，就是那間有雕塑裝飾、牆壁上貼有金箔，裝滿了經卷的小書屋。他的女人普拉華蒂端坐在地毯上，面無表情，身後是幾名手持武器的看守，在她的懷裡躺著他們的兒子。他那柔弱的身軀猶如一枝折斷的花莖，死了，面部灰白，衣服浸透了鮮血。達薩進來時，妻子並沒有把臉轉向自己的夫君，並未看他一眼，她的目光呆滯，凝望著那具小小的屍首。達薩覺得，她看似變得十分異常。

他定了定神，才注意到，前些天妻子還那麼烏黑發亮的頭髮，現在已經到處可見白髮。她大概已經這樣面無表情地僵直著坐了很久，孩子躺在她的懷裡。

「拉華納！」達薩驚呼，「拉華納，我的孩子，我的心肝！」

他跪下來，把臉貼在死者的頭上，他就像一個禱告者那樣跪在默然的女人和失去的孩子面前，為二者悲嘆，向二者致敬。他嗅到了血腥和死亡的氣息，這種氣息中夾雜著孩子頭上塗抹的花朵精油的芬芳。普拉華蒂目光僵直地望著父子二人。

有人在他的肩膀上碰了一下，是格文達麾下的軍官，他讓達薩起身並把他帶了出去。他跟普拉華蒂沒說一個字，普拉華蒂也沒跟他說任何話。

人們把他綁在一輛囚車上，帶回格文達的都城，把他關在監獄中，打開了他的部分鐐銬。一個士兵帶來了一罐水，把水罐放在他面前的石板地上，讓他一個人待在那裡，關上並鎖好了門。他肩上的一處傷口像火燒灼一般疼痛。他伸手去取水罐，用水來濕潤一下雙手和臉頰。他還想喝點水，但還是作罷了。因為他想，如果不喝水他可能會更快死掉。

這種狀況還將持續多久，多久！達薩渴望死亡，就像他那乾渴的喉嚨渴望喝水一般。只有死亡才會終止他內心的折磨，只有死亡才會讓剛才那幅妻子和亡子的圖像在他心中消失。但在種種痛苦和折磨之中，筋疲力盡和虛弱不堪的狀況對他格外施恩，他不敵疲憊，迷迷糊糊地睡著了。

他只是短暫地打了個盹兒，慢慢地醒來，他想揉揉眼睛，但卻沒法揉。因為他的雙手正在做著別的事情，兩隻手都被占著，手中捧著什麼東西。他徹底醒了，睜大了雙眼，他發現自己並未身陷囹圄，四周是明亮而濃烈的綠光，晃眼的光灑在葉片和苔蘚上。他使勁地不停眨眼，綠光射在他身上就像一道無聲而猛烈的閃電。一陣戰慄和震驚順著他的脊骨流下，他再次眨眨眼睛，驚駭得張大嘴巴，他使勁地睜大雙眼。

他站在樹林中，雙手捧著一只裝滿水的水瓢，他的腳下是一股泉水注入形成的池塘，池水亮晶晶地閃著棕色和綠色交織的色彩。他知道羊齒植物叢後面有一座小茅屋，那位笑起來十分有感染力的瑜伽老人在那裡等著他，他讓他去取水，達薩請求過他多講一些有關瑪雅的知識。他既未失去戰爭也未失去兒子，他既未成為國王也未成為父親。大概是那位瑜伽老人滿足了他的心願，教他認識了瑪雅：那就是宮殿、花園、書屋、養鳥、國王的憂慮和父愛、戰爭與嫉妒、對普拉華蒂的愛戀與懷疑，所有的一切都是虛無——不，也不盡是虛無，這就是瑪雅！達薩站在那裡，感到深受震撼！兩行熱淚潤濕了他的雙頰，他的雙手在顫抖，那只為瑜伽老人盛滿水的瓢也隨之抖動，水灑出來，弄濕了他的雙腳。

他覺得，就像是有人截掉了他的肢體，把東西從他的腦子裡移除出來那樣，他的內心一片空白。突然間，他覺得這些年來的一切經歷，那些守護著的財寶，享受過的歡愉，承受過的苦難，忍受過的擔驚受怕，品嘗過的瀕臨死亡的絕望都被一股腦給挪走了，給取消了，變得煙消雲散了——但是並不盡是虛無！因為回憶還存留在那裡，那些畫面還留在他的心裡，他還能看見普拉華蒂坐在那裡，僵直而高大，頭髮驟然變得花白，懷裡躺著他的兒子，就像是她親手殺了他一樣，他像個獵物一般躺在她懷裡，四肢軟塌塌地垂向她的膝蓋。

他多麼快地受到了瑪雅的教育體驗，多麼快、多麼令人戰慄、多麼殘酷，然而又是多麼徹底！一切如過眼雲煙從他面前飄過，那麼多年的經歷濃縮為一個短暫的瞬間。剛才還以為是緊迫的現實，轉眼卻發現一切都是夢！以前的一些故事，國王的兒子達薩，他的牧人生涯、他的婚姻、他對那拉的復仇、他逃向隱居的尊者，這一切也許一樣都是夢！都是虛幻的畫面，就像是刻在宮殿裡那個小書屋牆上的畫面一樣，畫中可以看到花鳥星辰，看到樹葉縫隙中的猴子和神奇。而這就是他目前正在經歷的，擺在他眼前的，從國王之尊、戰將之威、牢獄之卑，他自己所經歷的這一切，難道不都是由同樣的材料組成，難道不都是夢，都是幻覺之物，都是瑪雅？而他還將會經歷的東西，用眼看、用手摸的東西，直至他有朝一日壽終正寢——難道那些東西就會是由其他材料而製，就會有所不同嗎？一切都是一齣戲，都是表相，都是泡沫與夢影，是瑪雅，是生命的美好的、殘酷的、令人愉悅又令人絕望的畫面遊戲，有狂喜的極致，也有灼燒心肺的痛苦。

達薩站在那裡一動不動，像是入定一般，沒有了知覺。他手中的瓢又再次晃了起來，水流下來，涼絲絲地打在他的腳趾頭上，流掉了。他現在該做什麼？馬上再用瓢盛上水，用瓢把水帶到瑜伽老人那裡，讓他笑話自己，笑話他在夢中所痛苦承擔的一切？這並不美妙。他垂下了手中的瓢，倒盡了水，將水瓢丟入苔蘚叢中。他在綠色的樹叢中坐下，認認真真地開始思考。夢他已經徹底做夠了，夢境實際上就是魔鬼用經歷，用使人心緒壓抑的、使人血液幾乎不再流動的歡樂和苦難所編織的一種幻覺之作，而後瞬間一切皆是瑪雅世界，讓一個人覺得自己就是個蠢貨白癡。

這一切讓他受夠了，他不再渴望擁有妻子和孩子，不再想著王位、勝利和復仇，不再想幸福和機智，也不再傾慕權勢和品德。他除了安寧、除了終結什麼都不再渴望。他除了想終止那只永恆轉動的、不停展現畫面的命運之輪，想讓這個輪子消失之外什麼也不想。在那場最後的激戰中，他衝入敵陣，殺出一條血路，被敵人砍得遍體鱗傷，直至自己倒下時，也就是這樣想的。而後來呢？後來他昏迷過去了，或者說他昏死過去了，或說他死過去了。但是不久後，他又醒了，生命之流又流進他的心臟；這股可怕的、美好的、令人戰慄的畫面之流又再次映入他的眼簾，無窮無盡，無從躲避，直至他再次昏迷過去，昏死過去。而這種死亡或許只是一個小小的間隙，一次短暫的小憩，一次喘息。然後一切又周而復始，繼續進行。

人再次成為生命的狂野、喧囂而絕望之舞的成千上萬個幻相中的一個。是啊！無法熄滅，生命的輪迴無窮無盡。

躁動不安使他又重新站了起來。倘若在這個可詛咒的輪迴中不存在任何安寧，那麼目前他唯一的、最渴望的而又沒有實現的願望是，他還可以拿起水瓢再次裝滿水，把水瓢送去給那位瑜伽長者，正是他讓他去取水的，雖然這個老人本身並沒有權力要他去做任何事情，這只是有人要他去做的一件事，是一項任務，可以服從這項任務，並去執行它。去做這件事當然要比乾坐在那裡，想出各種方法來了結自己的性命好些。他早就知道，聽從和服從本來就比統治和負責要輕鬆得多，好得多，無辜愜意得多。那麼好吧，達薩，你就拿著這個水瓢，把它盛滿水，把水瓢遞過去給你的主人吧！

他回到茅屋時，上師用一種不同以往的目光迎接他，讚許的目光中帶著點詢問、帶著點同情、帶著點戲謔，就像一個老頑童看著一個小頑童的目光，老頑童看著小頑童從耗盡心力，並令他羞愧的冒險中回來，從一次給他的考驗中回來時，就是這樣一種目光。這位牧人王子，這個自己跑到他身邊來的可憐人雖然不過是去了一趟泉邊取水，走了還不到一刻鐘，但是他不管怎麼說是從一座監獄裡面出來的，經歷了失妻喪子之痛，丟失了一個王國，已經走完了人的一生，親眼看到了循環不止的輪迴人生。有可能這個年輕人以前就被喚醒過幾次，呼吸過真實的氣息，不然他也不會來這裡，也不會留下來這麼久。目前看來，他是被真正地喚醒了，覺悟了，他現在已經準備就緒，可以踏上修行的漫長之路了。要教會這個年輕人正確的姿態和呼吸，大概就需要好幾年時間。

這個目光中蘊含著善意的關切以及對他們倆之間形成的師徒關係的一種暗示。老人就用這個目光完成了對徒弟的接納。這一目光將徒弟腦子裡不相干的念頭驅逐乾淨，訂下了管教徒弟和徒弟義務的基本規矩。達薩生活中的其他東西就不足為道了，其他東西的發生都在畫面和故事之外。達薩再也沒有離開過森林。

Voyage 002

印度，探想 隨筆及短篇小說

作　　者　赫曼．赫塞（Hermann Hesse）
譯　　者　張芸、孟薇
責任編輯　席　芬
副總編輯　劉憶韶
總 編 輯　席　芬
社　　長　郭重興
發行人兼
出版總監　曾大福
出 版 者　自由之丘文創事業／遠足文化事業股份有限公司
Email: freedomhill@bookrep.com.tw
發　　行　遠足文化事業股份有限公司
231 新北市新店區民權路 108-2 號 9 樓
電　　話　02 2218 1417　傳真 02 8667 1065
劃撥帳號　19504465　戶名：遠足文化事業股份有限公司
封面設計　羅心梅
印　　製　前進彩藝有限公司
法律顧問　華洋法律事務所 蘇文生律師
定　　價　280 元
初版一刷　2018 年 9 月

ISBN 978-986-96180-7-6　Printed in Taiwan

國家圖書館出版品預行編目 (CIP) 資料

印度，探想：隨筆及短篇小說 / 赫曼．赫塞 (Hermann Hesse) 著；張芸、孟薇 譯 .-- 初版 . -- 新北市：自由之丘文創，遠足文化，2018.09
面；　公分 . -- (Voyage；2)

ISBN 978-986-96180-7-6(平裝)
875.484　　107013443